JN038392
転生少女はまず一歩からはじめたい
1
～魔物がいるとか聞いてない！～
著者 カヤ Kaya

ネリー

高山オオカミ

サラ

Characters

キャラクター紹介

ギルド長
ヴィンス
アレン
テッド
クリス

ついにか。ついに出てくるのかというオオカミたちの期待を前に、サラは家の結界ぎりぎりに立ち、改めて結界を作った。

人が作った結界と、家の結界とは反発しあわないようだ。

サラはほっとして一歩出た。すぐ横には、オオカミを追い払わない程度の気迫でネリーが付いてきてくれている。

だから大丈夫。二歩、三歩。

「ガアッ」

オオカミが結界にぶつかる。衝撃はすごいが、結界が丸いので歯は通らない。

「成功？」

「見事な結界だな」

ネリーが満足そうに頷いた。

Contents

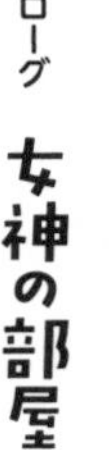

プロローグ　女神の部屋

一ノ蔵更紗（いちのくらさらさ）は疲れていた。

残業続きの金曜日、やっと明日は休めるという日だ。

もっとも、今まで疲れていなかったことなどない。更紗は体が弱いわけでもないのに、幼い頃からいつも疲れていた。

「いまさら、か」

幼稚園はともかく、小学校に上がると、元気がある子はもちろん、熱があるとか、咳（せき）が出るとかそんな病気の子を逆にうらやましく思ったものだ。更紗にあるのは、絶え間ないだるさと頭痛で、普通の子どもには縁のないものだったから、理解してもらうのは大変だった。

なにしろ、まるで一日に使える体力が決まっているかのようなのだ。無理をしなければ大丈夫なのだが、少しでも活動量が多くなるとだるくなってしまう。

症状もあいまいで、どの病院に行っても原因が見当たらない、そんな更紗を学校も親も持て余し気味であったし、何より更紗自身が持て余していた。

動けないほどではないから休めない。休めないとだるくなる。だるさが極まると動けなくなる。

しまいには母親は、

「そういう体質なのよ。そういう体質」

ときっぱり言い切った。

「今は学校だから大変だけれど、大人になったら有給休暇というものがあるの。週五日だけ働いて、大きいお休みまで入れたら、だいたい週四日だけ働けばいいのよ。弱くたっていいじゃない」

更紗にそう将来のことを語ってくれた。週四日働いて、三日休んでよい。それなら更紗にもなんとかできそうな気がした。

「仕事を選べば、学校でいう部活動、つまり残業だってないし、宿題だってないのよ。生きていく分だけお金を稼げれば、ちゃんとやっていけるから」

学校で疲れ果てていた更紗にはそれは希望であったし、社会人になっても、なんとかその言葉どおり毎年有給を使い切りながら、数年はちゃんと働いていくことができた。

限られた自分の体力を効率よく使う方法を覚え、趣味の手芸や細かい手仕事もできていたし、社会人になってから数年が一番人生で楽しかったかもしれない。

しかし、最近の人手不足で、この半年ほどで一気に残業が増え、かなりきつくなってきたことは確かだ。

「だるくないってどんな感じなんだろうなあ」

やっと帰ってきた自分の部屋で、沈み込むように眠りについた更紗の頭に最後に思い浮かんだことがそれだった。

更紗が次に目を開けたときには、なぜか白い部屋にいた。

「あなたは異世界に転生することになりました」

そして目の前に立つ、白いドレスを着てキラキラ輝く女神のような人がそう言った。

夢だな。

寝転がっていたまま目を開けた更紗は、そのまま目を閉じた。

目を閉じて見えないはずのところで、なぜか慌てた気配がした。

「いえ、待って。ねえ、そこは『転生特典は何ですか』って聞くところよね」

「てんせいとくてんはなんですか」

「棒読み？　せめて目は開けようか。ねえ、もっとこう、夢や希望を持って？」

「あー、はい」

夢や希望を、ましてや疑問を持つには更紗は疲れすぎていた。

女神がため息をついて、更紗のそばにしゃがみこむ気配がした。

「ふざけている場合じゃなかったわね。最近はみんな喜んで転生していくものだから、そうじゃない人がいるってことを忘れてたわ」

そう言ってそっと肩を叩いてくれた。

「時々ね、生まれる世界を間違える人がいるの。私はそういう人を、正しい世界に導くのが仕事なのよ。といっても、主に地球から私の世界へと移動させるだけなんだけれどね」

「生まれる世界を、間違える？」

とんでもないことを聞いたような気がする。

「そう。例えばあなたは、魔力を必要とする体なのに魔力の薄い地球に生まれてしまったの。だからいつも魔力不足でだるかったでしょう」

更紗は今度はしっかり目を開けた。だるさには理由があったの？

「ほら。今はどう？　ここには魔力があるから、だるくはないはずよ」

更紗は起き上がってみた。頭痛もない。疲れていたはずなのに、いつになく体力も気力もあふれているような気がして、今すぐにでも動けそうだ。

「このまま地球に戻っても、短い命よ。私の世界に移って、元気に暮らしてみない？」

「でも」

「私の世界はね、地球と違って魔力があふれていて、逆に困っているくらいなの。だからあなたのように大量の魔力を吸収できる人が必要なのよ。あなただけじゃないわ。何人も地球から移動しているし、ただそこにいてくれるだけでいいの。空気清浄機みたいなものよ」

そんなこと言われても、地球に残していく家族や知り合いはどうするのだ。それに知らないところでどうやって暮らしていけばいい。

更紗は大変現実的な性格だった。

「生活はどうしたらいいんですか」

「基本的には地球と変わらないのよ。あなたを最も必要とする人のそばに送るから。きっと大切にしてもらえるわ。地球に残した家族にはうまく説明しておくから」

女神の言っていることにはまったく具体性がなかった。それに、そんなことはすぐに決断できることではない。

「迷っている時間はないの。さ、それではトリルガイアへ送るわね。そうそう、体をトリルガイアに合わせるために、一〇歳くらいにしておくわ」

「え、待って！」

「いってらっしゃい」

いってらっしゃい、じゃないでしょと叫ぶ間もなく更紗の意識は闇に沈んだ。


次に更紗の目が覚めたのは、ひんやりした風が頬に当たったからだ。

「ん、窓が開いてる？　え」

しかし目を開けると、目の前にあったのはどこまでも広がる草原だった。

「私、座ってる」

そして木で作られた階段のようなところに腰かけている。慌てて振り向くと、山小屋のような建物のドアが見えた。

つまり更紗は、どこかの山小屋の入り口の階段に座っている状態で転生させられたらしい。

「せめてベッドに寝ているとかさ、知らない天井とかさ、そのくらいの夢があってもいいんじゃないかと思うんだ」

更紗はぶつぶつ言ったが、誰も聞いてやしないのだった。

手元を見ると、女神の言ったとおり、小学生の頃のように一回り小さくなっている。

服装は動きやすそうな少年のものだ。顔の横からサラリと落ちている髪は黒色で、大人だったときと同じように顎の下くらいで切り揃えられている。

立ち上がってみても、めまいはしない。だるさもない。今からでも全力疾走できそうだ。

周りを見渡してみると、小屋は高い山の中腹に建てられているようで、家の前の道は緩やかな下り坂になっており、はるか遠くに小さく町のような影が見えた。

「ハイジの山小屋みたい」

視線を手前に動かせば、何かの動物の群れが道を横切っている。

「鹿かな。大きい角があるような気がする」

そして空を見上げれば、大きな翼を広げて何羽か鳥が舞っていた。

「鷲、か、鷹かなあ。初めて見た。ずいぶん自然が豊かなところに落とされたなあ」

更紗は自然が好きなのでわくわくした。しかし、飛んでいる鳥をよく見ると、なんとなく翼が小さいような気がして、ちょっと首を傾げてしまう。

「キエー」

「キエー？　変な鳴き声。さすが異世界の鷹。え」

大きな鳥は翼をたたんだかと思うと、急降下した。向かう先はさっきの動物の群れだ。

「ええ？　さすがに鹿は大きすぎるでしょ！」

しかし鳥はどんどん大きくなり、逃げ始めた鹿を足の鉤爪でがっしり捕まえた。そしてそのまま飛び上がろうとした瞬間、何かがきらりと光った。まるで鏡が日の光を反射したかのように。

「ギエー」

「な、何？」

その声とともに、大きな鳥は鹿ごと地面に倒れた。

いつの間にかそのそばに一人の人が歩み寄り、しゃがみこんで鳥と鹿の生死を確認しているようだ。鮮やかな赤い髪を後ろで一つにまとめ、遠目からでも豊かな体つきのその人は。

「女の人、だ」

その人が手を伸ばすと、鳥と鹿はふっと消え去った。

「ど、どこに消えた？」

疑問も解決しないうちに、その女性はすたすたと山小屋に歩いてきた。剣を腰に差している他は軽装の、美しい人だ。そしてその女性の後ろには何かが見え隠れしていた。

「危ない！」

見え隠れしていた生き物は鹿ではない。たてがみのある大きな犬の群れだ。更紗の声に刺激されたかのようにその女性に飛びかかった犬は、しかし次の瞬間には空を飛んでいた。

「キャウン」

と情けない声をあげながら。

「殴った？　あんな大きな犬を？」

剣に触れもしない。女性が軽くこぶしを振るっただけで、犬は飛んでいった。

残りの犬が怯んでいる間に、その女性は山小屋までやってきた。どうやらこの山小屋の主らしい。

更紗は階段から下りて、挨拶しようとした。

「あの、初めまして。私。え、ちょっと」

しかしその女性はちらりと更紗を視界に収めると、そのままふいと視線をそらし、やや更紗を避けるように大回りをして階段を上っていった。きれいな緑の瞳が見えた。

バタン。

そしてそのまま小屋に入ってしまった。

「無視？　え？　私、一番必要としてくれる人のもとに落とされたんじゃなかったの？」

「ウウー」

呆然(ぼうぜん)とドアを眺めていると、背後から不穏な声が聞こえた。

そういえば確か、さっきあの女の人が犬を殴っていたなあと更紗は思い出した。

そしてその犬は？

飛んでいったが、倒されたわけではない。

「しかも、群れだったよね……」

「ウウー」

「わ、わああ」

更紗は後ろを振り返らずに階段を駆け上がり、ドアをバンバン叩いた。

「開けて！　犬が！　後ろに！　わあ！」

「ガウ」

「ぎゃああ」

だめだ。いてくれるだけでいいとか言っておいて、転生初日にもう死んでしまうなんて。更紗はしゃがみこむと目をつぶって手を組んだ。

「短い人生でした」

せめて反撃を？

無理。

何かを叩いたことなんて、せいぜい枕くらいしかないのに。

「おい」

「せめて痛みがありませんように」

「おい！」

更紗は目を開けた。

目の前ではドアが開いており、さっきの女の人が困ったような顔で立っていた。

「わ、犬、そこ、ウウって」

「結界があるだろ」

「け、けっかい？」

そういえばいつまでたっても犬は襲ってこない。更紗はこわごわと振り向いてみた。

「ひいっ」

階段からほんの一メートルほどのところで、大きな犬の群れがうろうろしていた。そして更紗が

振り向いたのを見て歯をむき出しにした。

「ガウ」

「いやっ」

更紗は座り込んだまま目の前の女の人の足にしがみついた。

その赤毛の女の人は、更紗を振り払いもしなかったが、助けようともせず、ただ不思議そうにつぶやいた。

「お前……。苦しくないのか」

「く、苦しいです！　犬怖い！」

恐怖で呼吸が止まりそうだ。更紗は本当は犬が嫌いなわけではない。むしろ好きなほうだ。でも、近くで見たその群れの犬は大人の身長をはるかに超える大きさで、それが歯をむき出しにしてうろうろしていたら、かわいいねとはとても言えないのだった。

「犬じゃなくて、高山オオカミだ。いやそうじゃなくて」

その人は頭に手をやると、その手を困ったようにうろうろと動かした。

「まあいい。もともと鍵はかかっていない。入るといい」

「ありがとうごじゃいます！」

ごじゃいますってなんだ。外見はともかく、中身は二七歳なのに。助かると思ったら急に震えがきた更紗は、女の人にしがみついていた手を離し、なんとか自分で起き上がると、ふらふらと開いていたドアの中に入った。

「ウウー」

「散れ」

「キャウン」

女の人の一言でうなっていた犬は去っていった。いや、言葉だけじゃなく、実際に何かが飛んでいった気がするが、とにかく、犬、いや、オオカミは去った。

「ぐえ、ぐすっ」

安心したらなんだか涙が出てきた。自分でも大の大人が、と思わなくもないが、女神によると一〇歳に戻っているのだからいいだろう、ちょっとくらい涙が出ても。

「まあ、そこらへんに座れ」

「は、はい」

更紗は涙を袖で拭くと、座るところを探した。

脱ぎ散らかした服。クシャッとした何かの毛皮の塊。茶色くなったリンゴの芯。何かの骨。ほね？

「む、むり」

きっと大切にしてもらえるからって、言ってたのに。

女神はたいてい嘘(うそ)つきだ。

部屋を見て絶望した顔をした更紗のことを、その女の人は、やっぱり困ったような顔をしてちらりと見ると、椅子と思われるものから、荷物を床に払い落とした。

「ここに座るといい」

更紗がそこに座ろうとすると足もとで何かがバキッといったが、聞かなかったことにした。とりあえず、椅子の上には何もない。更紗は少し高いそれによじ登るように座った。

女の人は、もう一つ隠れていた椅子を引っ張り出して座り、テーブルに片肘をついて頬をのせると、いきなり問いかけてきた。

「お前、招かれ人か」

「まねかれびと？」

更紗は首を傾げた。あの女神はそんなことは言っていなかった。というか、そもそもたいしたことは言っていなかった。

「女神かどうかはわかりませんが、女神っぽい人に、魔力を必要とする体質だということと、この世界に体を合わせるということと、それだけ言われて」

ほかにも何かを言われたような気がするが、とっさには思い出せなかった。

「女神のような人。この世界。魔力を必要とする。やはり招かれ人か。道理でな」

道理といわれても、更紗はよくわからず途方に暮れた。

その女の人は片肘をついたまま、面倒くさそうに説明してくれた。

「別の世界から来た人間、いわゆる招かれ人は時々来るんだ。お前のように突然現れる。年齢はまちまちだが、たいてい若い」

そういえば女神も、地球から何人も送っていると言っていたなと更紗は思い出した。この世界に体を合わせるために一〇歳くらいにすると言われたが、年齢がまちまちということは違う人もいるのだろうか。他にも何か言っていたような気がするのだが。そうだ。

「ええと、それから魔力を吸収することになるって言っていたような？」

更紗の言葉に、その人は驚いたように右の眉を上げた。

「そのとおりだ。招かれ人は魔力を吸収し、その魔力を無限に使えるからハンターとして活躍していることが多いな。引っ張りだこだぞ」

吸収するだけでなく、それを使えるというところにも引っかかったが、それよりも気になるところがあった。

ハンター。つまり、狩りをする人のことなのだろう。

更紗はさっきの外の様子を思い出した。

むやみに大きい鹿。

その大きい鹿を鉤爪でわしづかみにするさらに大きい鳥。

凶暴なオオカミの群れ。

それを狩る？

「ハンターは、無理です」

更紗は首を横に振った。あんな怖い生き物を狩るなんて無理に決まっている。

「だろうな。さっきも戦うことより食べられることを選んでいたくらいだ」

女の人は腕を組んで天井のほうを見上げた。

「女なら貴族に嫁ぐこともできる。大きな屋敷で、それは大切に守られて暮らすらしいが」

「それもいやです。せっかく疲れずに暮らせる世界に来たのに」

いきなり違う世界に放り込まれ、空気清浄機のようなものなのだからそこにいるだけでいいと言われても、何をしたいかなど決められるわけがない。

だが現に疲れてもおらず、だるくもない。せっかく動けるようになったのだから、活動的に暮らしたいではないか。

更紗はさっきまでオオカミに襲われかけ、命の危機だったことなどすっかり忘れて、明るい気持ちになった。別に今すぐ決めなくてもいいだろう。

「もう一度聞く。お前、今苦しくないか」

少し元気を取り戻した更紗に、女の人が改めて確認するように問いかけた。

「苦しくはないです。今までにないくらい、元気です」

「ふむ。圧迫感もないか」

「ないです」

何が聞きたいのだろうかと更紗は思った。あえて言うなら、散らかりすぎて部屋の居心地は悪いが。

「よし」

何がいいのか、女の人は大きく頷(うなず)くと立ち上がった。

「いずれにせよ、いくら悩んでも、お前はしばらくここからは出られない」

「出られない？」

更紗はあっけにとられた。

「外を見ただろう。ここは北の魔の山だ。ワイバーンが飛び、大鹿が群れ、高山オオカミが走り回る。大人の足で近くの町まで三日。私なら丸一日でたどり着けるが、子連れでは無理だ」

更紗の見たあれは、鷲でも鷹でもなくワイバーンだったのだ。道理で羽が小さいと思った。ということは、あの鹿もきっとただの大きい鹿ではないんだな、と更紗は若干気が遠くなる思いだった。

しかし、無情にも女の人は話を続けた。

「つまり」

「つまり？」

「お前が強くなるまで、この小屋付近からは離れられないということだな」

異世界に来たけれど、不潔な小屋に、この人とずっと二人きりということだ。

更紗は軽く絶望しかけた。

しかしすぐに立ち直った。

更紗は体力がなくて、やりたいことをやりたいようにできたことがなかった。だから諦めて現実的に対処することには自信がある。

更紗はいいことを数え上げてみた。

少なくとも、同居人は女の人だ。しかも先ほどの様子を見るに、強い。一見わかりにくいが、親切でもある。

不潔だが。

だが、それは更紗がなんとかすればいい。

「私はネフェ、いや、ネリー。ネリーと呼んでくれ」

その人は、ほんのわずか口の端を上げると、更紗に右手を差し出した。こぶしを守るためか、指なしの黒い革のグローブをはめている手は、大きくて力強かった。

「私は更紗といいます。一ノ蔵更紗」

「イチノーク・ラサーラサか。珍しい名前だな。イチノークと呼べばいいか」

「いやいやいや、サラサが名前です」

「つまり、サラだな」

更紗のことをサラと呼んだのはこの人が初めてだ。なぜ短くする必要があるのか。家族も友だちもみんな更紗と呼んでいたのだ。

でも、それもいいかもしれない。新しい人生だし。しかし更紗自身は知らない人を呼び捨てにすることには抵抗を感じた。

更紗は「ネリーと呼んでくれ」と言った人を見上げた。大きい。更紗が小さくなった分、判断が難しいが、たぶん一七〇㎝以上はある。そして地球の更紗と同じくらいの年に感じた。つまり二〇代後半から三〇歳くらいだ。

そして整った顔立ちをしている。服装こそ動きやすそうな男性のものだが、焔（ほのお）のように赤い髪を長く伸ばし、後ろで無造作にまとめている姿は、どこから見ても美しい女性だ。明るい緑の瞳が髪に映えて宝石のように美しい。

日本ではあまり見たことのない容姿の人と、普通に話ができている不思議さにようやっと気づいた更紗は、ああ、ここは異世界なんだなとすとんと胸に落ちたような気がした。

「ネリー？」

頑張って呼び捨てにし、おずおずと手を差し出すと、その手はネリーにがっちりと握られた。なぜかネリーは一瞬苦しそうに目を閉じた。

「ネリー、か」

図々（ずうずう）しかっただろうか。

「いい」

いいんだ。

思わず心の中で突っ込んだ更紗だったが、苦しそうに見えたのは、どうやらネリーと呼ばれることを堪能していたらしい。案外面白い人かもしれない。

ネリーは目を開けると、今度こそニコッと笑った。

今まで髪と目の色にしか目がいっていなかった更紗は驚いた。

笑うと印象がガラッと変わる。生命力にあふれた、本当にきれいな人だ。

「私の仕事はハンターだ。魔の山の管理人をしている」

「はい。しばらくよろしくお願いします」

魔の山とは何かも、何の管理をしているのかもさっぱりわからなかったが、そのうちわかるだろうと更紗は気楽に受け止めた。少なくとも、拠点は確保したのだ。

こうして更紗の異世界生活が始まった。

第一章　オオカミなんて怖くない

「サラ、無理するなよ」

「うん、大丈夫。ネリー」

サラと呼ばれるのにもだいぶ慣れてきた頃には、ネリーと呼び捨てにするのにも抵抗はなくなり、山小屋もだいぶ片付いてきていた。

女神は、あふれている魔力を吸収して減らすのが役割だとサラに言ったが、サラ自身には自分が魔力を吸収しているのかどうかはわからない。つまり、働いている実感がない。元社会人として、働かずに食べさせてもらうのは嫌なので、ネリーに頼んで仕事をもらっている。

サラの仕事は、とりあえず部屋の片付けとご飯支度だ。

「できる範囲でいいから」

最初遠慮していたネリーだが、部屋の様子を見てサラが予想していたとおり、家事が苦手だった。というか壊滅的だった。

部屋の片付けはしない、座るところと寝るところがあればいい。食べ物はパンと干し肉と果物をかじるだけ。

初日からしてサラの寝るところすらなかったのだから。

「確か予備の部屋があったはず」

「確かって、自分の住んでいるところなのに」

「必要な部屋以外は使わないからな」

結局、台所付きの居間を挟んで、玄関から見て左側に客室が二つもあったが、

「初めて見たな」

と物珍しそうに見まわしている始末だ。

「どんだけ自分の生活に興味ないんですか」

あきれたサラだが、幸いベッドや家具にはカバーが掛けてあったので、ほこりがたまっているようなことはなく、初日からちゃんとベッドで休むことができた。

次の日起きたときにはもうネリーは狩りに行っており、一瞬慌てたサラだったが、とりあえず自分のためにも、黙って部屋の片付けを始めた。

「疲れない体って最高」

サラだってそれほど家事は得意ではないが、少なくとも片付けるのも料理をするのも好きだった。ただ、すぐ疲れるので心ゆくまでやったことがなかっただけのことで、いくら働いても疲れない体のありがたさを実感する毎日である。

ただ、最初はパンと干し肉と果物だけの生活に、体を壊すかと思った。別に味噌や醤油や米を出せと言っているのではない。ネリーに言っても首を傾げるだけだったので、実際この世界にはないのかもしれないが。

しかし、初日に部屋で踏んだのは、確か何かの骨だったはずだ。ということは、少なくとも骨付

きの生肉はあるはずなのだ。

それに野菜。これは絶対必要である。

どうやら魔道具らしきコンロもあり、調理器具も揃っているから、一通りの料理はできる世界のはずなのである。

サラがこんこんと食材と栄養の大切さを言い聞かせたおかげで、次の買い物から、肉や野菜やいろいろな調味料を買ってきてくれるようになった。

ネリーは普段は魔の山の小屋付近で魔物を討伐し、その魔物の素材を売るのと、必需品の買い出しのために一〇日に一日くらいふもとの町へ行く。行きに丸一日、帰りに丸一日かかるため、町に一泊してくるネリーは、その時ばかりは山小屋を三日は留守にするので、サラは最初は置いていかれるのが少し不安だった。

しかし、もともと一人暮らしだし、山小屋は全体が結界に覆われているから安全で、その生活にもすぐに慣れた。時々大きい何かがドーンと結界に当たっている気配はするが、結界の中には入ってこられないので安心だ。

何が当たっているのかは怖くてまだ聞いたことがない。

「本当はこんなに頻繁に町に行きたくはないんだが、収納袋に入る量には限りがあってな」

物語の収納袋のように、無限に入るということはないらしい。一〇日ほどでいっぱいになるので、そのたびに町へ売りに行っているというわけだ。

それでも初めて見た収納袋に目を輝かせるサラへ、ネリーは丁寧に説明してくれた。

「サラも時々目にするだろ？　迷いスライム。収納袋に使う魔石には、迷いスライムの核が必要なんだが、一番大きい核を使った収納袋でも、ワイバーンが二〇頭くらいしか入らない」

初日に見たワイバーンはそこらじゅうを飛んでいる。しかし地上に降りてくることはめったになくて、倒せるのは本当に稀なことらしい。あの時はいいお金になったとネリーは笑っていた。

しかし、目にするだろうと言われても、サラは魔物についてまったく知識がない。

毎日玄関の外のデッキに出て外を眺めてはいるが、見えるのは初日と同じ、ワイバーンと大鹿と高山オオカミ、それに新たに教えてもらったスライムだけなのである。

「迷いスライムって、あの、目の端にちらっと映っていなくなるあれ？」

「そう。割とそこらへんにいるスライムなんだが、何せすばしっこすぎて捕まえるのが難しい。剣士ではまず無理だし、魔法師も狙いを定めるのが難しくて、面倒だから迷いスライムのいるあたりを焼き払って手に入れるくらいだな。あとは地下ダンジョンの宝箱」

だからそもそも収納袋が貴重で、小さい収納袋でも結構な値段がするのだという。

それにしても、またよくわからない単語が出てきた。地下ダンジョン。地下ダンジョンがあるなら地上ダンジョンもあるのだろうかとサラはぼんやり思ったが、なにしろ今は迷いスライムについてインプットするので精一杯だ。

「ま、なければ仕事にならないんで、いっぱしのハンターはたいてい持ってるよ。そして私は腕のいいハンターだから、最大級に入るやつを持ってる」

ネリーの目がほめてくれと言っているので、サラはくすくす笑いながらすごいねと言った。

最初の不愛想な印象は一緒に過ごすうちに薄れ、実はただ口下手な人であるとわかってきた。一人で暮らしている割には人懐っこくて、おしゃべりではないけれども、サラと話すこともサラと過ごすことも楽しんでいることが伝わってくる。

そんな口下手な人が、遠慮がちに自分の自慢をしようものなら、それは全力でほめてしまうに決まっている。

そのくらい、ネリーのことが好きになっていた。

ほめられて満足そうにしているネリーがかわいくて、サラはほっこりとした気持ちになった。

「私もいつか買えるようになるかなあ」

「うーん。サラにはハンターは無理そうだしな。どうやって稼いでいくかが問題だな」

招かれ人だけれど、自立していきたいというサラの気持ちを、ネリーはちゃんと尊重して考えてくれている。しかし、自分がハンターだからか、世の中の他の職業のことをよく知らないらしい。

「手っ取り早いのは、薬草採取なんだが。ハンターも最初はよくやる」

結局ハンターつながりで考えている。

事務仕事や、販売員、接客などいろいろな仕事があるだろうにとサラは思うのだが。

環境から考えてみると、二人の住む山小屋の目の前は草原だ。サラだって、かごか何かを持ちながら、風にそよぐ草花の中で薬草摘みをするのはとても素敵だと思う。それが生活の糧になるなら言うことはない。

「やってみたいけどね」

サラは小屋のドアを開けてみた。

「ガウ」

そしてドアを閉めた。

「ふう」

ため息をついたサラは、そもそもまだ小屋の外に出られないのだった。

正確には、小屋の結界が作動している階段の下までは下りられるし、小屋に沿ってぐるっと一周回ることはできる。しかし、結界のすぐ外にはいつもオオカミがうろうろしているし、草むらには、動物を溶かすスライムがあちこちにいる。

もっとも、そのスライムのおかげで部屋のゴミはきれいさっぱり片付いた。

ネリーが狩りに行くときに結界の外側にゴミをポイッと捨てておくと、次の日にはなくなっているというシステムだ。ネリーは便利だと喜んでいたが、そのくらいサラが来る前からやっていてほしかったとは思う。

「とりあえず、サラが外に出られるようになったときのために、今度薬師ギルドから初心者用の薬草一覧をもらってくるよ。知り合いもいるしね。あいつらのところ、いつも薬草不足だから、採取できたらすぐに売れるだろうし」

「うん。お願いします。このままじゃいつまでも町に行けないもんね」

お金もない、強くもないのでは、いつまでもネリーにお世話になってしまう。

「いや、ここにいつまでいてくれてもいいんだ。女神ともそういう約束だろ？」

「うん。でもね。せっかく元気に動けるようになったから、もっといろいろなところに行きたいんだもの」

サラがそう言うと、ネリーはなぜだか不服そうな顔をした。

それからしばらく口数が少なくなり、サラを心配させたが、次に町に出て戻ってきたときには、何かを吹っ切ったようにすがすがしい顔をしていた。

そして懐から大事そうに薄い二冊の本を取り出した。

「私は身体強化特化型の剣士だから、魔法で戦おうとも思わないし、薬草を採ろうとも思わない。だが、サラは剣士にはなれないだろう。だからほら、魔法教本と、薬草一覧をもらってきた」

「わあ、ありがと」

サラはネリーにギュッと抱き着いた。そうするとネリーはいつもほんの少しためらい、それからギュッと抱き返してくれる。そうしてほっとしたように大きく息を吐くのだ。

まるで疲れや嫌なことを吐き出してしまうように。

だからサラは、ネリーの癒し(いや)になるのならばと思い、小屋にいるときはなるべく一緒に過ごすようにしているのだ。

女の人とはいえ、不潔でぶっきらぼうな、よく知りもしない人との同居はかなり不安だったのだが、思ったよりずっと心地よく楽しく過ごすことができている。

それはネリーが余計な干渉をしないせいかもしれないし、サラがあまりおしゃべりではないせいかもしれない。

女二人なのに静かな山小屋で、剣の手入れをするネリーの傍らで二冊の本を読み込んだり、料理の下ごしらえをしたりするのが、それからのサラの過ごし方になった。

もっとも魔法教本にしろ、薬草一覧にしろ、ハンターを目指せといっているようなものであったが、ネリーは無意識だったし、サラもそのおかしさにはちっとも気づかないのだった。

それでも、本を買って読んだだけでは薬草は採れないし、魔法も使えない。サラは頑張って魔法を使う訓練をする決意を固めた。


本をもらって数日後、いよいよ時は来た。

「さて、それでは実践編です！」

サラは宣言すると、家の中では危ないかもしれないので、玄関を出てすぐの、階段の上のデッキのところでネリーに向き合った。

狩りに行く前に、訓練に付き合ってもらう計画だ。

しかしその前に、サラには聞きたいことがあった。

「ねえ、ネリー。そもそもこの世界の人って、みんな魔法を使えるの？」

「無論だ。そうか、サラは招かれ人だから、魔力のない世界にいたのだな」

これが出会って一ヶ月後の二人である。もう一人ここにいたら、やっと今頃かと突っ込んでいたに違いない。

しかし、サラは魔法や何かより、自分の小さくなった体や新しい生活に慣れることで精一杯だったのだ。それに、生活のすべては電気の代わりに魔道具でなんとかなっており、ネリーが日常で魔法を使うのを見たこともなかった。

「もっとも、魔法が使えるというより、魔力があるというほうが正しい。日常で魔法を使う機会はまずほとんどないからな。そして、魔力が多い人間が、特に体を使う仕事や、魔法を使う仕事に就いているということになる。もっともわかりやすい仕事がハンターだ」

だから普段の生活でネリーが魔法を使うところを見たことがないのだなとサラは納得した。

「では、ネリーがまず魔法について教えてください」

本は読んだが、やはりまず現地の人に聞くのが一番だ。サラがネリーにお願いすると、ネリーは少し偉そうな感じで腕を組んだ。

「さて、魔法というと、まず攻撃魔法を思いつくが、そもそも魔力とは、体の中にただ存在するものであり、形を変えて魔法になる。つまり」

「つまり？」

サラはわくわくして尋ねた。

「もう一つの体、というか」

「というか？」

「もう一つの自分、というか」

「……」

その先の説明がないし、抽象的でわかりにくい。ネリーは致命的に教えるのが下手だということだけはわかった。道理で直接教える前に教本を買ってくるわけだ。

ネリーに頼れないことが瞬時に判明したので、それなら魔法の教本に頼るしかない。サラは魔法の教本を思い出してみた。

「確か魔法の教本には、魔力は自分の思い描いたとおりの力になると書いてあったよね。自分の魔力量に応じて、無理せず、自由に。その手本をここに記す、って」

「そのとおりだ。そこでまず安全な水の魔法から習うことが多いのだが、私は違っていて」

ネリーは迷うようなそぶりを見せたが、いきなりサラに手を差し出した。

「手を握ってみるんだ」

「こう?」

サラはネリーの手を握ってみる。さらに、にぎにぎと揉んでみる。グローブ越しでも、柔らかくて気持ちいい。

「いつものネリーの手だけど」

「うん。でもここに魔力を流すと、こう」

ネリーがもう一度さわれと手を差し出した。

「え」

手が硬い。かちんかちんだ。

「どうして?」

「私は魔力の使い方が身体強化に特化しているんだ。剣士だが、本当は剣もたいしていらない。魔力をうまく使えば、体すべてが鈍器になる」

「だからオオカミをこぶしで殴れるんだね」

「そうだ」

ネリーがこぶしを握ったまま階段のほうを向くと、うろうろしていたオオカミが数歩下がった。

怖いならうろうろしなければいいのに。

「オオカミがうろつくようになったのは、サラが来てからだな。いつかサラが小屋から出てくるかもしれないと期待して集まってきているんだろう」

「怖いし。そんな期待いらない」

サラはげっそりとした。

そもそも、高山オオカミは頭からしっぽまでがおそらく二メートルくらいはありそうだ。しかも、ネリーと並んでも顔がその胸あたりにくるほど大きい。ネリーの胸あたりということは、ちょうどサラの頭を丸かじりできる位置ではないか。

怖すぎる。

しかしこのオオカミを突破しなくては、町に行くどころか、薬草さえ採取できないのだ。そのためには、このオオカミを倒せるほどの剣か魔法の力を身につけなければならない。絶望的ではないか。魔法の練習をする前にすでに心がくじけそうなサラであった。

その時だ。サラははっとひらめいた。

「ねえ、私も身体強化ができれば、オオカミにかじられても歯が通らないんじゃない？」

倒せなくても、自分を守ることができれば、少なくとも移動はできるのではないだろうか。

ネリーは感心したように頷いた。

「確かにな。そういえば魔法師は盾の魔法を使ったり、自分の身の回りに魔法で結界を作ったりするな」

「それだ！　私の目指すべきところは！」

サラに目標ができた。

ということは、ネリーをお手本にすればよい。

ネリーは家にいるときは身体強化は使っていない。

それは体の中の魔力が限られているからだ。同じように、魔法師も盾や結界を張り続けることはできない。

「そういえば、魔力がなくなったらどうなるの？」

「身体強化が維持できなくなるな」

それは当たり前である。サラの聞きたいことはそんなことではない。

「具合が悪くなったりとかする？」

「なくなったら使えなくなるだけで、具合は悪くはならないが、脱力感はあるな。しばらく休めば自然に回復するが、ハンターにとっては命取りだから、魔力ポーションを使うこともある」

「なるほど」

サラは日本にいたときのように元気がなくなったり、だるくなったりするのはもう嫌だったので、それを聞いて少し安心した。

「そうだ。でも、私は招かれ人だから。常に魔力を吸収して、出し続けることができるらしいから、問題なし」

つまり理論上は無限に魔法を使うことができる。実際、魔力が不足していると感じたことは一度もない。まあ、使ったこともほとんどないし、そもそもその存在を感じたこともないのだが。ただ、毎日元気なだけだ。

「だから招かれ人はハンターとして活躍できるんだね！　私はハンターにはならないけれど」

サラはできれば人にも生き物にも、それから魔物にも手を上げたくない。これは必須である。

「案外ハンターに向いていると思うぞ、サラは」

「ネリーが一緒に狩りに出たいだけじゃないの？」

「ゴホンゴホン」

図星である。ネリーはごまかすように胸の前で両手をパンと叩いた。

「さて、まずはもう一つの自分をイメージしてみるんだ。つまり、サラの元気の素だな」

最初からそう言ってくれればわかりやすいのに。

サラはふうとため息をつくと、気持ちをすっと切り替えた。

内側から湧き出るような気力は、日本で暮らしていたときはなかったものだ。

今まで気にしたことはなかったが、それが魔力だと思うと、あっさりとその感覚をつかむことができた。しかも、動かそうと思えば動かせる。

「魔力はたぶんこれだと思う。これを手に集めて、硬くする。かじられても大丈夫なくらい、硬くなるイメージ、硬くなる、硬くなる、イメージとしては鉄かな。硬くなれ！」

サラは右手だけ硬くしてみた。ネリーが厳かな感じでサラの右手を取り、軽く握ってみている。

サラのほうは、手を取られた感覚はあるが、痛くもくすぐったくもない。

「ほう。これはなかなか。むん」

むんってなんだ。サラは疑問に思ったが、明らかにネリーも身体強化をしてサラの手を握っている。というか握りつぶそうとしている。

「いやいやいや、初心者ですから！　つぶしちゃだめ！」

「そうか」

そうかじゃないです。

身体強化が十分じゃなくて、手がつぶれたらどうしてくれるのだとサラは思った。もっとも、圧は感じたが痛みはない。不思議な感じだった。

「そんなときのためにこの上級ポーションがある」

ネリーは得意そうにポーションの瓶を差し出した。この世界の怪我(けが)はたいていポーションで治るらしい。不思議なことだ。

「いやいや、治るからといって痛くないわけじゃないでしょ。だめだめ」

「そうか」

そうかじゃないです。

「私の身体強化でもつぶれないとは、さすが招かれ人だな」

ネリーは満足そうだ。

「ではオオカミにかじらせてみるか」

「え？」

「ではオオカミに」

「聞こえてるから。繰り返さなくていいから」

サラは思った。私はさっき、魔法を覚え始めたばかり。

なぜか身体強化はできた。ネリーに手をつぶされずに済んだ。

次はオオカミ。

おかしいでしょと。

早すぎる。

「しかし実践してみないと」

「わかった。わかりました」

サラは根負けした。

もっともサラには、オオカミにかじられても歯が通らなければいい、などと考える時点で自分が相当肝が太い女の子であるという自覚はない。

「でも反対側の手は押さえていてね」

「わかった」

そういうわけで、サラは左手をネリーにつないでもらい、硬くした右手を恐る恐る結界の外へと突き出した。オオカミがよだれを垂らして待ち構えている。

「ガウッ。ギャッ」

「ひいっ」

大きな衝撃はあったが、むしろそれより歯の砕けた音が怖かった。オオカミはほうほうの体で逃げていった。

「やったな」

やったといえるのだろうか。魔法修行第一日目、すでに心が削られるサラだった。

そのまま満足そうに狩りに行ったネリーを見送ると、サラは掃除を終えて、夕食のスープを作りながら考えた。

たしかに、オオカミに噛まれても大丈夫な硬さを手に入れた。強化を手だけでなく、全身にすることはできると思う。しかしだ。

スープに少し塩を足す。

噛まれても大丈夫なように、ということは、噛まれること前提である。つまり、移動している間中、噛まれることを覚悟しなければならないということだ。それはいやすぎる。

ということは、身も守りつつ噛まれないように魔法を使わなくてはいけないということだ。

つまり、身体強化ではなく、それを外に広げて、丸い結界を作ればいいのではないか。ネリーにつられて、つい身体強化から始めてしまったが、ネリーも結界とか盾とかがあると言っていたではないか。それができれば、オオカミが直接自分に触れることはない。

「今日のサラのスープもおいしいな」

夕食の時間、ネリーが満足そうにスープを口に運ぶ。

「ありがと。それでね」

サラは昼に考えたことをネリーに説明した。

「ふむ。盾や結界か。そもそも一定位置で身を守るときは、簡易結界を作る魔道具を使うんだが」

「簡易結界？」

「そうだ。この小屋は周りに結界箱を多数配置しているので、結界が張られていて魔物は入ってこられない。出入りするには、この石を持っていなければならない。摩滅石という。すっかり忘れていたが、後でサラにもやろう」

ネリーは腰に付けた根付（ねつけ）のようなものを見せてくれた。

朝の実践では、ネリーが手をつないでいてくれたから大丈夫だったそうだ。

普通はその結界箱を持ち歩けば、安全に移動できるのではと考えるだろう。

サラもそうすればいいと思い、聞いてみた。

「乗り物に使うことはあるよ。でも、基本的に地面に置くか固定して、しかも三個か四個組で使わなければならないんだ。だから野営の時は使えるが、移動の時は使えない。いや、使えるが安定しないので実用的ではないんだ」

異世界はいろいろ難しい。

「結界を作ってみたいのなら、つまり、やってみたらいい。魔力をかなり必要とするから、戦闘時以外ずっとやっている人は見たことがないけどな」

ということで、次の日も狩りに行く前に訓練を見てくれることになった。

「さて、それでは実践編二日目です！」

「ガウ」

「君たちはどっかに行ってて！　もう。昨日怪我をしたでしょ」

「ガウ」

むき出したオオカミの口には新しい歯が生えていた。

「嘘(うそ)でしょ。昨日と違うオオカミだよね」

「おそらく同じだ。魔の山の魔物は再生力が非常に高い。だから確実に仕留める必要がある」

「サメなの？　歯まで再生するなんて」

そんな話は聞きたくなかった。しかし、聞いてしまったのなら仕方がない。サラは切り替えも早かった。

「もういいや。では身体強化を丸く膨らませる感じで。結界！」

フワンというイメージで広げた結界を、鉄の硬さに強化する。

体から離れた魔力まで強化できるなんて、すごくない？　自慢げなサラを見たネリーは、しかし腰の摩滅石を外し、剣をすらりと抜いた。

「待って。まさか」

ガッキーン。

結界と剣の間にまるで火花が飛び散ったかのようだった。

思わず目をギュッと閉じたサラが、恐る恐る目を開けると、感心したように結界と剣を交互に眺めるネリーがいた。

「せ、成功？」

「見事だな、サラ。もっとも、敵と対峙（たいじ）するときに目を閉じてはいけないぞ」

「求めるレベルが高すぎるでしょ」

サラはそもそも敵と対峙したいわけではなく、身を守ればいいだけなのだ。自分ができるからってスパルタすぎるでしょ。

しかし、どうやら結界は成功したようだ。

「ネリーったら、失敗したらどうするつもりだったの！」

「大丈夫だ」

ネリーはニコニコしてポーションの瓶を取り出した。ポーションがあるから何をしてもいいということにはならないでしょ、って昨日言わなかっただろうか。

「ではオオカミにかじらせてみるか」

「え？」

「ではオオカミに」

「聞こえてるから、繰り返さなくていいから」

サラは思った。結界はできた。

はい、オオカミと対決。

おかしいでしょと。

早すぎる。

「しかし実践してみないとな」

「わかった。わかりましたよ」

結局、いつかはやるしかないのである。

「ガウ」

「ガウウ」

ついにか。ついに出てくるのかというオオカミたちの期待を前に、サラは家の結界ぎりぎりに立ち、改めて結界を作った。人が作った結界と、家の結界とは反発しあわないようだ。

サラはほっとして一歩出た。すぐ横には、オオカミを追い払わない程度の気迫でネリーが付いてきてくれている。だから大丈夫。二歩、三歩。

「ガアッ」

オオカミが結界にぶつかる。衝撃はすごいが、結界が丸いので歯は通らない。

「成功？」

「見事な結界だな」

ネリーが満足そうに頷いた。

では、なぜ景色が傾いているのか。

「結界が丸い、ということは？」

「ガウッ」

オオカミが体当たりしてきたら。

「あ、ああー！」

「サラっ！」

転がるよね。丸いものは。

サラはネリーが止めてくれるまで緩い坂道を転がり続けたのだった。

気持ち悪い。


転がり続けたのがあまりに気持ち悪かったので、それからしばらく結界は家の中で練習することにして、外に出るのはお休みだ。サラは一生懸命考えた。

結界の強度は問題ない。オオカミにかじられずに済むし、転がっても結界は解けなかった。

そこは自分をほめたいと思う。

つまり、サラが冷静であれば何の問題もない。

「でも、転がって移動するわけにはいかないからなあ」

いろいろ考えながらも手は動く。今日は昨日ネリーが獲ってきてくれたコカトリスの肉

を輪切りにしている。

「コカトリスって、見られただけで死んじゃうやつじゃないの？」

それとも石化するんだったかな。サラは心配して、どこかおかしいところがないかネリーの体をあちこち叩いてみた。ネリーは心配されるのがちょっと嬉しそうだ。

「なに、身体強化があれば大丈夫だ」

「身体強化万能だな？」

常識的に考えて、そんなわけはないのだが、ネリーしか知らないサラにとってはそれが真実である。サラは素直に驚いた。

「簡易結界でもコカトリスの視線を通さないから、サラも結界を張れば大丈夫だろう」

「その程度ならいいけど」

「何より肉がうまいぞ。今までは丸焼きにするくらいしかできなかったが、サラなら別の料理ができないか？　丸焼きも面倒だからほとんどやったことがないが」

最初に部屋の床に落ちていた骨は、丸焼きにした魔物だったんだなとサラは納得した。

最近ネリーはそうやっていろいろサラに要求することが増えてきた。お世話になりっぱなしのサラは、そうやっていろいろお願いされたほうが少しでもお返しできている気がして嬉しいので、できるだけかなえてあげたいとは思っている。

「鳥の部分は肉に切り分けてもらったからいいとして、この蛇の部分をどうするか……」

骨が案外太く、小骨の部分がほとんどないので、悩んだ結果が輪切りなのである。この世界の刃物はなかなか優秀だ。輪切りにしたものをステーキにしようか、それとも煮込んで皮と骨を外してしまおうか。

サラは料理に頭を悩ませながらも、自分が現実逃避をしていることに気がついてはいた。いつまでも家の中だけにいるわけにはいかないのに。

仕方なく、料理をしながらサラは考えた。転がらなければいいんだったら、結界を四角にしてみるとかどうだろう。いや、サイコロだって坂は転がるよね。これはなし。

四角まで考えて、ふと前に住んでいたマンションを思い出す。マンションのような建物は、地中に深い杭(くい)を打って地震対策をするんじゃなかったかな。杭。それだ！


「コカトリスのしっぽをステーキにすると、この焦げ目のところがうまいな」

ネリーが満足そうにしっぽのステーキにナイフを入れる。どのくらい火を通したら安全かわからないので、焼き具合はこんがりだ。ネリーなら生焼けでも、「なに、身体強化で」と言いかねないので、慎重にやるに限ると思うサラだった。

「ありがと。それでね」

とりあえずほめ言葉にお礼を返すと、サラは昼間に考えたことを説明した。結界の下に、地面に刺さるように杭の形の結界を伸ばしたらどうかと。ネリーは微妙な顔をしながら、

「とにかくやってみることだ」

と励ましてくれた。なぜ微妙なのかはすぐにわかった。

「さて、実践三回目です！」

「ガウ」

「オオカミはいらない」

オオカミは返事をしなくてよろしい。

訓練も三回目になると、階段の下までは平気で行けるようになった。心なしかオオカミも怖くない。

「ガウッ」

やっぱり怖い。

「よし、結界」

まず結界を丸く張り、硬くなるようイメージする。ここまでは前回と同じだ。そのまま外に出たら、オオカミが来る前にすかさず地面へ杭を打つ。

「固定！」

「ガウ」

ドウン。オオカミが跳ね返った。

「ふっ」

サラはふふんと胸を張った。

「ガウ」

ドウン。何度当たっても跳ね返る。

「ふはは」

オオカミがどの方向からぶつかってきても多少揺れるくらいで結界は転がらない。

「成功！　あれ？」

サラは思わずネリーのほうを見た。ネリーがそっと目をそらす。

確かに、結界は固定されてオオカミがいくらぶつかっても揺るがない。しかしだ。

「どうやって町まで移動するんだろう……」

つぶやくサラに、ネリーが気の毒そうに答えてくれた。

「い、一歩ずつ？」

「来年までかかるよ」

いつでも試みが成功するとは限らない。サラは失敗の大切さを学んだ。

そしてこれが、サラの自立の第一歩ともなった。

「少なくともこれで薬草を採取することはできるようになったのよね」

サラはあくまで前向きだった。

実は小屋の周りには薬草がたくさん生えていた。

ネリーがもらってきてくれた、薬師ギルドが納めてほしい薬草一覧にあるのはたったの六つだ。

薬草。上薬草。麻痺（まひ）草。毒草。魔力草。上魔力草。

ネリーに持ってきてもらってから、よく読み込んだので特徴は覚えている。

それにしても、種類が少なくはないか。

「これだけなの？　もしかして、初心者用？」

「違うぞ。逆にこれ以上何がいる？」

ネリーが不思議そうに尋ねた。薬草とは、つまりポーションを作るもとになるものだろう。では、ポーション以外の普通の薬はどうなのか。

「おなかが痛くなったときとか」

「ポーションだな。薄めてもいいぞ」

「頭が痛いとき」

「ポーションだな」

「風邪」

「風邪には何も効かないが、咳（せき）なら麻痺草から作った薬で楽になるぞ。熱は魔力草」

「むーん」

サラはちょっとがっかりした。いろいろなものを調合してとか、そういうロマンはないのだった。

「だが、材料がシンプルだからこそ、薬師の魔力操作と技術が問われるんだ。ローザの町の薬師は優秀だぞ」

「ローザ？」

「ああ、この山の下にある町だ。地下ダンジョンがあって、この大陸で一番ポーションの需要が大きいからな。薬師も自然と腕のいい奴ばかり集まる。特に薬師ギルドの長はすごいぞ」

ネリーから初めて聞く、この世界の町の話だ。

「クリスというんだが、魔力量が私並みに大きくても人とうまくやっていける力があってな」

楽しそうに輝いていたネリーの顔がふと曇った。

「サラ」

「なあに？」

「下の町で確実に頼りになるのはクリスだけだ。もし何か、そう、どうしようもないことがあったら、薬師ギルドのクリスを頼るんだ」

ネリーは恐ろしいほど真剣だった。しかし、家からたいして離れられもしないのに、町に行った後のことを具体的に考えるのは難しい。

「頼るも何も、まず家を出るところからだよ」

「そうだな。まずは家から数歩出るところからだな」

なぜかネリーはほっとしたように笑った。まるでそう、サラが家から出られないことが、本当は嬉しいのだというように。

それからサラは、まず小屋の結界に沿って地面を観察した。

「薬草、薬草、スライム、上薬草、スライム、薬草っと」

「ガウ」

オオカミもサラを観察しているが、

「オオカミは、いらない」

のである。

小屋のドアの前は緩やかに下る草原が広がっているが、もともと山の中腹に建っているからか、少し離れたところは岩場になっているし、小高い丘のようなところもあった。

その間を埋めるように草が生え、よく見るとその草の中に薬草も結構あるのである。

「これなら、小屋の結界から半分体を出して、杭で結界を固定すれば薬草は採れそう。ネリーに相談してみよう。それにしてもスライムが多くてちょっと危ないなあ」

その日は、ネリーがパンだけ用意して待っていてくれというので、夕ご飯の支度はしなかった。

パンは町で一〇日分まとめて買ってくるので、サラが焼く必要はない。

ちなみにパンは収納袋に入れっぱなしにすれば劣化しないので、品質は変わらない。

しかし、変わらないはずなのに、なぜぱさぱさしているのかはちょっと気にはなっていた。

小屋にも最初は、調味料は塩しかなかった。ネリーに頼むと、胡椒を含めた香辛料も買ってきてくれたので、特にこの世界の食文化が発達していないとも思えないのだが。

それでも、サラが言われたとおり食事の支度をせずに待っていると、ネリーはいつもより早く帰ってきた。

「これが今日の土産だ！」

ドアの外のデッキで、どん、とネリーが意気揚々と収納袋から出したのは、大きな四角い石だった。

「石？」

「違う違う。よく見てみろ。ほら、顔や体があるだろう。これはガーゴイルだ」

はて、ガーゴイルとは石ではなかったか。サラが首をひねっていると、ネリーはすらりと剣を抜いた。

「外は石のように硬いんだが、この中の肉がおいしいんだ。今まで料理が面倒だから獲ってこなかったが、今はサラがいるからな」

そう言うと、

「むん」

と剣をまっすぐに振り下ろした。あっという間に四角く切り取られた中には、みずみずしい肉の塊があった。切り落とされた部分は外のオオカミが食べました。サラは見なかったことにした。

「これは……時間があったらローストビーフだけど、とりあえず、シンプルに塩コショウでステーキにしよう！」

大きなガーゴイルからほんのちょっとしか取れない肉は、脂身が少ない、極上の焼肉になった。

「こいつらは基本的に岩場とか採掘場にしかいないから、魔の山で獲れるのは珍しいんだ」

「そうなんだ」

この世界にやってきて、町の名前もこないだ初めて知ったばかりなのに、魔物グルメばかりに詳しくなっている自分におかしくなる。

食後のお茶を飲みながら、サラはふと思い出し、

「そういえば、薬草がなんとか採れそうなんだけど、スライムが多くてどうしようかと思ってるの」

と、昼に気になっていたことをネリーに相談した。お茶は紅茶である。

「スライムか。踏み込みさえしなければ問題はないんだが、剣士には面倒なだけだからなあ」

「ネリーでも面倒に思うんだ」

「ああ。逆に魔法師には倒しやすいらしいぞ。特に駆け出しにはな」

サラはそう言われて気がついた。せっかく魔法の教本を買ってもらったのに、身体強化とか結界とか、教本に書いていないことばかりやっている。教本にはちゃんと、基本四魔法が書いてあったはずだ。

「炎、風、水、土。どれも初級の魔法でスライムは倒せるぞ」

ネリーに言われて魔法の教本をひっくり返す。

「炎の小球、はイメージできる。風の刃、もかまいたちがあるからイメージできる。土の魔法も、これ、下から杭をはやすんだよね。これも大丈夫。でも、水のこれ。水の刃ってなんだろう」

本当にこれ、初級なのだろうか。そもそも、日常生活で炎の小球や水の刃など使わないような気がするが。サラは声を出して表紙を読み上げてみた。

「『ダンジョンに潜ろう。魔法師のための初級魔法』。確かに初級魔法って書いてあるけど」

「そうだな。ハンターギルドに売っているものの中では、それが一番簡単だったぞ。あとは中央ダンジョンの地図とかも必要か」

「必要ないよ。なんで町にさえ行っていないのに、ダンジョンの地図が必要なの」

どうもネリーは少し感覚がずれている気がする。ネリーは何かをごまかすように咳払いをした。

「そうそう。水の刃だったな。魔法師が使っているのを見ている限り、風の刃をそのまま水で置き換えていたように思うが」

「氷かなあ？」

「いや、水だったぞ。倒した後、残っていたのが水たまりだった。氷なら氷が残るはずだろう」

確かにそうかもしれない。

「そうかあ。じゃあさ、炎の小球ってどのくらい小さいかわかる？」

サラはどんどん質問していった。

「そうだなあ。私が一緒に行った魔法師の炎は、このくらい」

ネリーは両手で大きい輪を作った。

「いや、それ大きいよね。むしろ大球だよね」

「しかしそれが最小で、それ以上は球ではなく、剣のような形や壁のような形状だったように思うが。それ以外見たことがない」

ネリーがそう言うのならば、この世界の小さいというのはそのくらいなのかもしれないとサラは思った。

いずれにしろ、そんな火事になりそうな大きな火の玉は怖いので、とにかく魔法は小さくてコンパクトなものにしようとサラは決めた。大事なのはイメージだと、魔法の教本にも書いてあったではないか。

「よし、大きい炎はいやだから、小さくしよう。高熱の小さい小さい炎で。水はイメージできないから氷の刃で。土は下からとげとげを出す感じ。風はかまいたち。それで訓練してみよう」

「そうだな。剣士にもそれぞれの戦い方があるように、魔法師はそれぞれ自分で工夫した魔法を持っているものだ」

「魔力は自分の思い描いたとおりの力になる。自分の魔力量に応じて、無理せず、自由に自分の思い描いたように」

サラは教本の最初の言葉を声に出して読み上げた。

小さい炎が敵に向かっていく。現実ではありえないから、サラはＳＦ映画の一シーンを思い出してみた。あれは飛行機、いや、宇宙船だっただろうか。

最初から敵に当てたいなら、追尾機能をつければいいんじゃない？

サラは頭の中で思い描いた。炎、圧縮、高温、追尾。スライムが逃げても追いかけるように。よし、これでいってみよう。

次の日、

「まず、半分結界の中にいてやってみるから」

とネリーを説き伏せ、一人で魔法の訓練をやってみることにした。ネリーはしぶしぶ狩りに出かけていった。

「さて」

「ガウ」

「オオカミは、いらない」

ネリーにもらった摩滅石を腰に付け、体の右側を小屋の結界から半分出して、自分の結界を地面に固定する。

「昨日イメージした炎からやってみよう。あそこのスライムに対して。炎、圧縮して高温にする。そして追尾。行け！」

シュン。ジュッ。スライムは一瞬で形をなくした。

「ガウ？」

オオカミが不思議そうにしているが、かわいくなんかない。

「当たっちゃうからうろうろしないで！」

目に見える範囲のスライムをやっつけ、ほっとして薬草一覧を片手に初めての採集に挑む。

今日の本当の目的はこれだ。

サラはしゃがみこんだ。

ドシン。

「ウウー」

「オオカミがぶつかっても大丈夫。薬草は根は残し、下から三番目の葉のところで折りとる、と。これでよし」

階段下から見える草原の薬草は採れることが証明できた。これで小屋を一周すれば、かなりの量の薬草が採れるはずだ。

サラはうきうきしてネリーを玄関で待った。

ネリーは相変わらず、襲ってくるオオカミをこぶしではじきながら帰ってきた。しかし、家の手前で立ち止まり、何かを拾い、日にかざした。

「ネリー？」

「結界から出てくるなよ、サラ」

ネリーは静かにそう言うと、地面にかがんでは何かを拾う。

あたりを見回し、納得したように頷いて結界の中に戻ってきた。

「サラ」

「ネリー、おかえりなさい！」

ネリーの腰にギュッと抱き着く。

ネリーは嬉しそうにサラの背に手を回したが、少し難しい顔をして、拾った何かをサラに見せた。

「これ、なに？」

「そういえばサラに教えたことはなかったか。この世界の魔力は魔物の中で凝縮する。ハンターは魔物を狩るのと同時に、魔物の中にできた魔石を取って、それをギルドに売って生計を立てているんだ」

魔石という言葉になじみのなかったサラはぽかんとして、それからはっと思い出した。

「迷いスライムの魔石」

「覚えていたか。迷いスライムだけでなく、どのスライムにも、そこにいる高山オオカミにも魔石はある。そして魔石にためこまれた魔力を力に換えて放出するのが魔道具で、それが人々の生活を便利にしている。ほら、お風呂のお湯を出すのも、台所で火が出るのも」

「全部魔石を使ってるんだ」

「そう」

ネリーはスライムの魔石をサラに握らせた。

「魔物を狩っている私が言うのはあれだが、魔物も動いている以上、その動きを止めたのなら、その命をもてあそんではいけない。食べられる肉は食べるべきだし、使えるところは使うべきだ。そして、魔石はきちんと拾って利用すべきだと、私は思っている。サラ」

「はい」

「教えてなくてごめんな。これからは魔物を倒したらちゃんと魔石は拾えるようになろうな」

「はい！」

シュンとしていたサラだが、最後にはしっかりと返事をした。

戦いたくないと思った。攻撃はしたくないと。

だけど、この世界では家を一歩出るためにも魔物を殺さなくてはならない。

遠くから魔法で倒したとしても、直接叩かなかったとしても、魔物を倒したことに変わりはないのだ。

むやみに傷つけてはならない。でも、強くならなくてはならないんだ。

そう決意し、こぶしをギュッと握りしめて、いずれ行くはずのローザの町を眺めるサラだった。

ネリーは一〇日ごとに町に行くたびに、サラの採取した薬草を少しずつ売ってきてくれるようになった。最初の収穫で買ってきてくれたのはサラ専用の採集かごと、小さい収納袋だった。

取っ手のついた長方形のかごは、二段になっていて、下の段は五つの仕切りがあり、上の段は仕切りがない。

「上は一番たくさん採れる薬草用。下の段は、左から上薬草、毒草、麻痺草、魔力草、上魔力草用だ。薬草は一〇本で五〇〇ギル、上薬草が一本一五〇〇ギル。毒草、麻痺草は一本単位で五〇〇ギル。魔力草や上魔力草は、正直あまり採れないが、魔力草が一本一〇〇〇ギル。上魔力草で一本五〇〇〇ギルだな」

「あまり採れないっていうけど、そこに生えてるよ」

サラは階段の下を指さした。ネリーは興味がなかったために気づかなかったようで、そうかと頭をかいた。

「ここは魔の山だからなあ」

それが何の理由になるのかはよくわからないが、小屋の周りに生えていることは確かだった。

「薬草から作るポーション類は命にかかわるものだから、その時々で買い取る値段を変えたりはしないんだ。だから、上魔力草なんてめったに採れなくても、一本五〇〇〇ギルの値段は絶対変わらない。逆に採れすぎても安くはならない。薬草は必ず薬師ギルドで、一定の値段で買い取りをする。覚えておくんだぞ」

「薬草は薬師ギルドで売る、困ったらクリスさんに相談ね」

「そうだ」

その頃には季節は冬になっていて、外に出るのはなかなかに寒かった。結界を魔力で杭打ちして固定しても、寒さで外には長くはいられない。一〇日かけて、薬草が一〇〇本、上薬草や毒草、麻痺草がそれぞれ数本ずつ、運よく魔力草や上魔力草があればそれもかごに揃えて、一回二万ギル前後。

サラが買ってもらった収納袋は、一番小さなタイプだそうで、腰のベルトにつけるポーチの形をしている。その小ささでも三〇万ギルはするのだという。最初から薬草がそんなに採れるわけがないので、収納袋の分は借金ということになる。

「ワイバーンが一頭分しか入らないが、最初はそれで十分だろう」

「ワイバーン一頭分って、すごい量だよね」

高山オオカミよりかなり大きい鹿を足の鉤爪(かぎづめ)でつかんで運び去ろうとするような生き物だから、一頭分ということは、小さい部屋一つ分くらいの容量があるということだ。

「ダンジョンに何泊かするようになると、そのくらいではあっという間に魔物の素材でいっぱいになってしまうからな。優秀なハンターはすぐ買い替えることになる」

「そもそもダンジョンになんて行かないよ。入れるのは薬草と身の回りのものくらいなんだし」

それでも、異世界に来たんだから、一番小さいとはいえ、収納袋は絶対欲しいものだった。サラは嬉しくて、慣れるまで何度もいろいろな物を出し入れしてみたものだ。

「とりあえず、収納袋分は稼がなきゃ！」

サラはふんと気合を入れた。まだ一〇歳とはいえ、そのうち自立しなければならないのだ。とりあえずは、収納袋分の借金のために頑張るのである。

しかし、サラには少し不満があった。

ハンターと商人以外は持つことのない収納袋や薬草用のかごなど、ネリーは特殊なものは買ってきてくれるのだが、着替えは買ってきてくれないのだ。そもそもネリー自身がズボンとシャツにベストかジャケットという男性向きの格好をしている。仕事がハンターだから、それは別にいいと思う。

でも一〇歳のサラに、ほぼ大人と同じサイズの服ってどうなんだろう。

「すまん。店の人に、小さい女の子用の服をくれと言えなくて」

「せめて大人用の小さいサイズは？」

「入らないのに無理していると思われるのはちょっと」

そんなところで見栄を張っても仕方がないと思うのだが。どうやらネリーはあまり人とかかわるのが好きではないらしい。はっきりとは言わないが、たとえハンターであろうと、女性がこんな山小屋に一人でいるのも何か深い理由があるのだろうと思うと、サラも事情を聴くのはためらわれた。いまだに山小屋から数メートルしか出られない自分が、着る服がおしゃれではないなどとぜいたくを言ってはいられない。

そういうわけで、ズボンの裾やシャツの袖は折り返し、ベルトをぎゅっと絞ってぶかぶかの服を着ている一〇歳児なのである。幸い、魔道具でお湯も水も出るし、洗濯機のようなものもあるので、たらいでごしごししなくても清潔は保てている。

もっともイメージですべてがなんとかなるのなら、清浄魔法も使えるのではと思ったが、それは無理だった。例えば部屋のほこりを風の魔法で集めることはできる。しかし、自分や服の落とすべき汚れとは何か、どの範囲をどうきれいにするのかなど、想像できないと魔法にはできないのだった。

それでも雪のほとんど降らない冬を越し、この世界に来て半年たった頃、春の訪れとともに、収納袋の借金を返すことはできた。

「自分のものだと思うとこの収納ポーチも愛しいなあ」

ぶかぶかのズボンをきゅっと縛り、上に重ねた長めのチュニックの腰に付けた小さいポーチをそっとなでる。実際はポーチには、薬草類の入ったかごと、スライムの魔石が入った袋がいくつかジャラジャラと入っているだけなのだが。ちなみに袋はサラが縫ったものだ。

「魔石はハンターギルドで買い取りをしてくれるんだが、私が売ってしまうと私の収入になってしまう。代理で売ることはできないんだ。それに、私レベルのハンターがスライムの魔石を大量に売るのも不審に思われるしな。だから一二歳になるまで自分でためて、まとめて売るようにしなさい」

スライムの魔石について、ネリーはそう教えてくれた。

「一二歳？」

サラの気になったのは、どちらかというとそこだ。

「魔物を狩って生活していくためには、ギルドに登録しなくてはいけない。だが、一番小さなスライムでも狩るのには命の危険を伴うから、最低年齢がそのくらいと決まっているんだよ」

「じゃあ、いずれにしろあと二年は独立できないんだね」

「一年半だな」

ネリーが優しく正してくれた。もっとも、まだ数歩しか小屋から離れられていない今、あと一年半で独立できるとはとても思えなかったが。

「よし、頑張るぞ！」

「ところで今日はこれを採ってきた」

気合を入れるサラを横目で見ながらネリーが袋から出したのは、なんと大きな卵だった。ダチョウの卵くらいはありそうだが、カメの卵のように丸い。

「コカトリスの卵なんだが。春だから、魔物にも卵を産む奴がいてな」

「卵で増えるんだ」

むしろそっちのほうが驚きである。サラが卵を受け取ろうとしたら、手がつるっと滑った。

「ああっ！　割れちゃ、わない？」

丸い卵は、割れもせずスーパーボールのようにぽよんぽよんと弾み、やがて小屋の床に落ち着いた。

「びっくりした」

「強い魔物は卵も強いぞ」

それはそうかもしれないが、そもそも弾むとは思わなかったのだ。その時サラの頭の中に何かがひらめいた気がしたが、はっきりした考えになる前にそれはどこかに行ってしまった。

「卵が割れないのなら、どうやって食べるの？」

「うむ。確かに」

わからないものを取ってくるべきではない。しかし、サラにならなんとかできると思われたのなら、やるしかないではないか。

結局卵は外に持っていって、高温の炎で殻に穴をあけた。ガスバーナーみたいな感じである。

「そういえばサラの魔法を直接見たことはなかったな。そんなふうに細くて高温の炎の魔法を使う魔法師など見たことがない」

ネリーが感心したように顎(あご)に手を当てた。

「いや地球の人なら絶対誰でもできると思うよ。私でさえ思いつくんだから」

「招かれ人か。親しく付き合ったことはないのでな」

「じゃあ私が一番目？」

「そうだな」

そっぽを向くネリーの頬(ほお)はちょっと赤いような気がした。サラは思わず笑いがこぼれた。

コカトリスの卵は、その日は野菜を入れたオムレツに、次の日は甘い卵焼きにした。仲良く食べるコカトリスの卵はおいしかった。

しかし、半年たっても小屋から数メートルしか離れられない自分に、サラは焦りを感じてもいた。

幸い、ネリーとは気が合うようで、不満を感じたことはない。むしろ毎日とても楽しい。それにしても、いつまでも頼っているわけにはいかないと思うのだ。

「卵はおいしかったなあ。ぽよんぽよんと弾んでおかしかったけど。あれ、待って」

　あの時何をひらめいたのだったか。

「そう。結界も卵みたいって思って、でも自分が転がったりはずんだりするのは嫌で、それなら相手が跳ね返ればいいんじゃないって思ったんだ」

　ひらめきをたどっていくとそうなる。

「つまり、結界が鏡のようにいろいろなものを跳ね返す、そういうものになれば……」

　自分が転がらずに相手がダメージを負うことになる。今だって結界の杭を打てばオオカミは跳ね返るが、衝撃がこっちにも来るので、今のままの結界ではだめだ。

「でも、イメージがわかないぞ。跳ね返す、跳ね返す。あれだ、バブルゲーム。ぽよんと跳ね返る。そうすれば自分に衝撃が来ないから、結界を張ったまま歩ける。なんていったっけ。シールド、じゃなくて、バリア。バリアか！」

　魔法の教本には、そもそも最初からイメージが大事だと書いてあったではないか。

「なんで私は身体強化から入っちゃったんだろう」

　それはもちろん、ネリーのせいである。

　次の日、久しぶりに新しいことをやろうとしたサラは、朝、狩りに出かける前のネリーに付き合ってもらうことにした。

「さて、それでは久しぶりの実践編です！」

「ガウ」

「しつこいよね、君たち半年ここにいるよね」

オオカミたちはとりあえず放っておいて。

余った食材は最近はスライムよりオオカミの口に入っていることが多いから、餌付けしているような気がしないでもないが。

ネリーは面白そうに腕を組んでサラを眺めている。

「結界ではなく、いや、結界のようなものだけれど、イメージは泡で。そして、その泡はすべてを跳ね返す。魔法も、物理も。よし！」

ぽわんと、自分の周りにバリアを張る。イメージとしては、結界が二枚ある感じ。外側のバリアが何もかもはじいて、内側のバリアがそれを補強する。

結界から一歩、二歩。

オオカミがいつものようにぶつかってくる。

ぷよん。

「ギャウン！」

「ギャウン！」

体当たりしてきたオオカミが次々と跳ね返されて飛んでいく。

こちらに衝撃はない。

成功だ。サラは思わず振り向いて叫んだ。

「ネリー！」

ネリーは腕を組んだまま、驚いたような顔をして固まっていた。

「ネリー？」

ネリーははっとして、組んでいた腕をほどき、

「さすが招かれ人だな。戦う力もないのに、ここまでできるようになるとは」

とつぶやいた。

その顔には喜びではなく、なぜか悲しみが浮かんでいるような気がした。

「だが、安心するのは早い。夜は結界の魔道具を使うにしても、町に出るまで、五日間それを展開し続けなければならないんだぞ」

それはまだできる気がしなかった。それでも、一歩踏み出したのだ。

サラは山のふもとに見えるローザの町を見て、胸を張った。

「いつか行くからね！　二年後くらいに！」

目標はしっかりと。しかし、現実はちゃんと見なくては。サラは自分がひ弱だということは自分でもわかっているのだ。

「二年、か。それまで断り切れるか……」

「ネリー？」

「何でもない。やっと外に出られるようになったんだ。これからは少し私が付き合うから、長く外に出る訓練をしような！」

「うん！」

ネリーが何を悩んでいるのか、サラにはわからなかったが、少なくともネリーのお荷物にならないようにするためには、少しでも力をつけなくてはならないと決意した。


「町に出ることを考えると、次に必要なのはこれだな」

そう言って次にネリーが買ってきたのは、結界の魔道具だった。といっても、平たい小箱が四つ。重ねて持ってもサラの片方の手の中に納まる小さなものだ。

「これが簡易結界を作る魔道具だ。自分の周りの四隅に置くと、小屋と同じように結界が張れる。ワイバーンでも防ぐことができるぞ。ただし、範囲はおよそ二メートル四方。一人用だ。くっつけば二人でも使えるけれども」

「じゃあネリーと一緒なら一組でいいね」

「うむ」

サラの言葉にネリーはほんのりと赤くなった。

「パーティ用に、範囲の広いものもあるが、何かがあったときのために一人ずつ持っていたほうが安心だ。ただな」

「ただ？」

まだ何かがあるのだろうか。

「一組、五〇万ギル。どうする？」

最初、ネリーは何もかもをサラに買ってくれようとした。小屋の管理のお礼だからと。こんな辺鄙なところまで、家事をしに来てくれる人はいないのだからと言って。それこそ黙っていたら収納袋も一番大きいのを買ってきたことだろう。

　しかし、それはちょっと違うとサラは思うのだ。サラにまったく働く力がなかったら、あるいは日本だったらサラも遠慮なく大人を頼ったかもしれない。

　でも、薬草採取をすれば、それなりにお金になることがわかった。今ためているスライムの魔石も、売ればいいお金になるという。

　それなら、自立するためのものは自分で揃えたい。

　そう主張するサラに、せめて衣食住は自分に出させてくれ、料理を作ってもらっているだけでもありがたいのだからとネリーが言うので、そこはお願いしている。といっても、だぶだぶの衣服なので、衣に関してはいまいちだと、サラは自分の格好を見て苦笑した。

　そのサラの意見を尊重して、便利な魔道具類については、買うかどうか確認してくれるようになった。もっとも、たいていは買った後で言ってくるので、つい頷いてしまうのであるが。

「買うね」

「そうか」

　いつもこんな感じである。

　実はバリアを張ることができたおかげで、サラの移動範囲はかなり広くなっている。とはいっても、まだ小屋から半径五〇メートルくらいなのだが、小屋から見える木立や岩のところまでは出かけられるようになった。

そうすると、今まで薬草くらいしか見つけられなかったのに、毒草の群生地や、魔力草の生えているところも見つけられるようになった。

つまり、毎回売りに行ってもらう薬草の代金が、一回当たり五万から一〇万ギルくらいに増えているのである。結界箱の代金なら、三ヶ月ほどで支払いができてしまう。

「結界箱が用意できたのなら、次はテントかなあ。ネリー、移動に必要なものって？」

「サラは体力がないから、夜は必ず休まなければならない。簡易結界で雨ははじくから、外が見えるようテントはないほうがいい。収納袋はあるから、少しかさばるが、夜は心地よく休めるよう、厚手のマットと毛布。それにランプ、携帯用の調理器具、水筒などだな」

「調理器具って、収納袋に作った食事をそのまま入れておけばいいのでは？」

ネリーははっとしたような顔をした。今まで気がつかなかったとでもいうように。

「茶、を沸かすこともあるだろう」

「そうだね」

おそらくネリーは、自分の移動中は早さを優先して食事も飲み物も歩きながら済ませているのではないか。だから、自分がダンジョンに行っていたときのことを思い出して考えてくれている。

「あとはまだ先だけど、食料だね。そういえば」

サラには気になっていたことがある。

「どうしてこの小屋には、備蓄がないの？」

「備蓄？」

ネリーは一〇日ごとにきちんと町に行くから、そのたびにパンや野菜など必要なものは買ってきてくれる。サラがあれこれ言うから、買ってくるものは増えたが、必要なものを必要な分しか買ってこない。こんなに町から離れているのだから、行けないときのためにたくさん買っておけばいいのにと思うのだ。

「収納袋があるんだから、たくさん買っておいてもかまわないと思うの。具合が悪くて買い物に行けないときもあるだろうし」

「具合など悪くなったことはないし、怪我もしたことはない。収納袋にはぎりぎりまで魔物の素材を入れておきたいから、それ以外のものを入れておくという気持ちはなかったよ」

ネリーはあまりに強すぎるからか、いざというときのことを考えない性格のようだ。

「蓋(ふた)付きのスープ用の水筒とか、お弁当箱とかはある？　容(い)れ物(もの)があれば、食事ごと入れておけるんだけど」

「ダンジョン用の簡易食セットならギルドに売っている。かごに、蓋付きのスープカップとパンと、肉の入っているやつだ。買い切りだと三〇〇〇ギル、箱を返却すると一五〇〇ギル返ってくるが、安くてもまずいのであまり使うものはいないな。そもそもかさばるので、それくらいなら魔物の素材を持って帰るから」

「お弁当箱あるんだ！　洗って自分で再利用できないの？」

「できる、と思うが。みんな食べたら迷宮に捨てていたぞ。その分魔物の素材を」

どれだけ魔物の素材を持ち帰りたいんだとサラはあきれてしまう。しかし、サラの欲しいのは移動中に面倒がない食事であって、別に収納ポーチに魔物の素材を入れておくスペースを確保する必要はない。

野外で調理するのは楽しいとは思うが、日本とは違って、おそらく魔物が周りを取り囲む中での食事になる。あまり手間はかけたくない。

「お願い！　そのセットも買ってきてほしいの」

「ギルドでの買い物なら、不審がられずにすむが……」

「それから、これからは予備の食べ物も買ってきてほしいの。私の収納袋に入れておくから、ネリーの収納袋を圧迫はしないでしょ？」

「わかった。確かにこれから、もしかしたら町に行かないときが来るかもしれないしな」

ネリーは納得すると、町に出ては、サラの欲しがっているものを少しずつ買ってきてくれるようになった。

まず最初に買ってきたのは、新しい収納袋だ。

「本当は収納箱がよかったんだが。収納袋や収納箱は、収納袋に入れられないからな。さすがに山道を抱えてくるのは無理だった」

「収納箱？」

収納袋を収納袋に入れられないというのは初めて聞いたが、確かにそうでないと無限に物がしまえてしまうということだから、わからなくはない。それにしても箱とは何だろう。

「備蓄と言われて思い出したのだが、確か普通の家では、収納袋の代わりをする箱をおいてあるはずだ。そのほうが便利だからな」

収納箱というのは、大きな段ボール箱くらいの大きさで、上の蓋が開け閉めできる形になっているそうだ。

「袋型だと家では使いづらいので、わざと大きくしているそうだ」

容量は一番小さくて、ワイバーン一頭分だ。この単位、いつ聞いても変だなあと思うサラだった。

「なあ、サラ」

ネリーが、何かを楽しみにしているような顔をした。

「なに？」

「いつか、そういつか。サラが一緒なら、私も町に住めるかもしれないんだ。そしたら、その時には収納箱を買おうな」

サラと一緒ならというのが気になったが、踏み込んで聞けそうな雰囲気ではなかった。ただ、今までサラは、ここから動けないネリーの迷惑にならないように、早く一人で暮らさなきゃと、そればかり考えていた。一緒に暮らせるなんて考えたこともなかったのだ。

ネリーと一緒に暮らしながら、町でそれぞれに働く。そんな未来があるのなら、それはとても嬉しいことだ。

「一緒にいてもいいの？」

「もちろんだ！　一生自立なんてしなくていい」

「ネリーったら、ダメなお父さんみたいなこと言ってるよ」

サラは苦笑したが、狭く考えていた未来が少し拡がったような気がした。

「自分の収納袋は魔物用にあけておきたいからな」

ネリーが備蓄用の袋を買ってきた理由がそれである。どうしても素材以外に場所を取るのが嫌なようだ。

「肉や何かは狩ることはできても、私にはパンは作れないからな。パンや食材も、少しずつ買い足していこうな」

「収納袋でいっぺんに買っておくことはできないの？」

「それは……」

ネリーは困った顔をした。

「あまりたくさん買ったり、いつもと違う行動をしたりすると、どこかに移動するのかと疑われかねないからな」

サラはあっけにとられた。

「それじゃあ、ネリーが監視されているみたいじゃない。この山の管理をしているだけなのに？」

「なんと説明したらいいのか……。私がこの山の魔物を減らしているから、魔物が町に向かわずに済んでいるようなものだからな。いなくなると困るんだろ」

「そんな！　それなら！」

「さ、この話はこれで終わりだ。少しずつ余分に買ってくるから。な？」

そう言われてしまってはそれ以上追及することはできなかった。

でも納得できない気持ちが残る。そんなに大切な仕事をしているのなら、ネリー自身がもっと大切にされてもいいはずだ。

一人が好きな人もいるから、一人で暮らしているのは別にいい。でも、それなら好きなものを買っても、少しくらい自由な時間を過ごしてもいいんじゃないの？　なんでそんなにいろいろなことに縛られているの？

この半年以上ネリーと一緒に暮らしていても、サラはネリーが仕事以外のことをしているのを見たことがない。特に休日を作っている様子もない。

いつか、そう、自分が少しでもネリーを支えられるようになったら、ちゃんと話を聞こう。

サラは小さく決意し、疑問を心の中にしまった。

そしてニコッと笑うと、新しい収納袋を手に取った。

収納袋の中は、時間が経たないので中のものが腐ることはない。

「何でもためておけるね！」

「そんな風に考えているものはあまりいないぞ」

人は毎食ご飯を食べるし、使ったものは必ず補充しなければいけない。ためられる袋があろうとなかろうと、人が毎日消費する量は変わらないだろうとネリーは言う。

そういえば、地震の多い日本でさえ、備蓄は三日分必要と言われても、していない家庭が多かったし、冷蔵庫があるのに毎日買い物をしている人は多かった。

「なるほどね。でも、この小屋の近くにはお店はないからね。肉は獲ってきてもらうとしても、最低一ヶ月分はためておきたいなあ」

「三ヶ月しのげばごまかせると思うから、三ヶ月分が目標だな」

何をごまかそうというのか。このようにちょいちょい失言するネリーだったが、慣れてきたサラは何も言わずにどうするかを数え始めた。

「お弁当箱はやっぱりかさばるから、それは二人で五日分くらいにして、あとはサンドパンをたくさん作っておこう。やっぱり、出してすぐに食べられるにこしたことはないよね」

「コカトリスのしっぽじゃないところの肉のサンドを多めにしてくれ。からしと玉ねぎのたくさん入っているやつ」

「ネリーの好物だもんね！　私はガーゴイルのローストの薄切りをサンドしたやつを多めにしよう」

それからネリーはギルドのお弁当箱とパンと野菜ばかり買ってくるようになった。

「塩、お砂糖、胡椒、油、それから小麦粉なんかもいるよ」

「おお、そうか」

「いちおう水筒もね」

そんなにかとネリーは首を傾げるのだったが、応用の利く食材はちゃんとあったほうがいい。それに、水は魔法で出せるとしても、水筒はあるほうが安心である。

夏の終わり、そろそろサラが転生して一年が経とうとする頃、サラは小屋が小さく見えるところまでは出かけることができるようになっていたし、小屋には一ヶ月分の備蓄ができていた。

「では、そろそろ宿泊訓練に出かけようと思います」

秋になったとき、サラはネリーに宣言した。一年経ったので、おそらく一一歳になったはずだ。

「宿泊訓練？」

「そうです。ローザの町まで、大人が歩いても三日かかるって言ってたでしょ。私の足なら、下手をすると五日くらいかかると思うの。だから、外で寝泊まりする訓練をしておこうと思って」

そうはいっても、一人では怖い。だからサラはネリーにも付いてきてほしかった。

それに、なんといっても揃えてもらったキャンプ道具を使いたくてたまらないのである。

「狩りの獲物が減っちゃうし、ネリーの仕事の邪魔かもしれないんだけど、一人じゃ怖いから」

「一人じゃ怖い？　怖いだって？」

なぜそこで頬が赤くなるのか。

「かわいい」

一人じゃ怖いことがどうかわいいのか、サラにはネリーの思考回路が理解できなかった。

「もちろん、一緒に行くとも。ああ、行くとも！」

なんだか気合が入っているが、行く気になってくれたならそれは嬉しい。

「たくさん歩く訓練もしたほうがいいと思うし」

「そうだな。一度歩いたところなら一人で行けるだろうしな。まず最初は道沿いに無理なく、いや、むしろ山の上を先に」

いろいろ計画を考えてくれたようだが、まずは道沿いに下っていくことになった。

ドアを閉めて、小屋の前で最後の確認である。

「キャンプセットよーし、食料よーし、収納袋よーし」

「ガウ」

「オオカミはいらなーい」

一年経ってもオオカミの群れはいる。サラを食べられないことは身に染みてわかっているだろうに、毎回バリアに挑戦しては跳ね返されている。

「私も野宿は久しぶりだから緊張するな」

「あ、そういえばいつも町までは泊まらないで行くんだもんね」

「そのとおりだ。緊張するが、楽しみだな」

「うん！」

手をつなぎたいところだが、手が空いていないと危険なので一人ずつ歩く。ネリーは身体強化で、サラはバリアで身を守りながら。

一時間も歩くと、小屋はだいぶ小さくなった。道沿いにある大きな二本松のところで、サラは一度止まった。

「もう休憩か」

「休憩っていうか、今までここまでしか来たことがなかったの」

「ここまでか」

ネリーがあっけにとられたような顔をした。

今まで一人で訓練していたから、ネリーと遠出するのは実は初めてなのである。

一時間歩き続けるということは、一一歳の体にはかなり負担であった。実際、サラはずいぶん疲れを感じている。

「このペースで休憩を入れていたら、町までまじめに五日かかるかもしれん」

確かに、町はちっとも近くなった気はしない。

「よし、これからは、私の狩りになるべく同行しなさい。結界箱があれば大丈夫だし、連泊の練習にもなるしな」

「うん。頑張る」

最初一歩も出られなかった頃から比べると夢のようではある。

しかし、狩りに同行して何泊もできるのならば、その方向がローザの町であってもかまわないはずだ。ネリーが町に狩りの獲物を運ぶついでに、サラに付き添っていけば、サラはもう町にたどり着けるのではないか。

一生懸命な割に、そのことには気がつかないサラであった。

「それにしても、ここから見上げると、小屋のあるところ、山じゃなくて、丘の中腹に見えるね」

確かに小屋より上はよく見えないので、高い山の中腹にある小屋というよりは、丘のてっぺんに立つ小屋に見える。空をワイバーンが飛んでいるが、見た目だけは鳥に見えないこともないし、大変牧歌的な景色だった。

「魔の山の管理小屋だがな」

「でも、丘の上のネリーの家って思うとかわいいね」

「かわいい？　かわいい。うん、いいな」

ネリーはハハッと笑った。管理小屋より、かわいい山小屋に住んでいるといったほうがなんとなくいい。

「さて、休めたから歩こうかな。ネリー、ここから下に行く？　横に行く？」

「帰りが少し大変だが、今日は道沿いに下りよう」

キャンプはまだ始まったばかりだ。空もいつもより青いような気がした。

先ほどの二本松から少し歩いたあたりで、高山オオカミはふいっといなくなった。

「やっと諦めたかな」

高山オオカミのいない景色は初めてのような気がした。

「いや、奴らの生息域は山の上のほうだから。ここからは、ほら」

「ガウッ」

後ろから襲ってきた大きな犬が、ばいーんとはじかれた。高山オオカミより一回り小さく、色も黒っぽい。でも、群れの数は多い。

「森オオカミだな。ここから下の草原までが生息域だ。少し体は小さめだが、群れで巧みに狩りをする」

「そうなんだ」

「高山オオカミと違って、私のことは襲ってこないんだが、今日はサラがいるからな」

「獲物認定された！　このオオカミもいらないよ」

結局どこにいてもオオカミに付きまとわれるのかと思うとうんざりする。

それからも道を歩いていると森オオカミが襲ってきたが、

「キャウン」

ある時跳ね返った一頭が動かなくなった。獲物を仕留めようとして襲ってくる力は、そのままオオカミに跳ね返る。何でも反射するバリアとはそういうことだ。

サラはショックで動けなくなった。

高山オオカミは、歯が折れても跳ね返されても平気で舞い戻ってきて、死んでしまうなどということは考えられなかった。

「首が折れたな。諦めないからだ」

ネリーは淡々とそう言うと、黒いオオカミのそばにしゃがみこんだ。

「サラの結界にはじかれたのだから、サラの獲物だ。どうする？」

「どうするって言われても……」

「収納袋に取っておいていたら、そこそこいい値段で売れるぞ。場所取りではあるがな」

サラはたとえ魔物であっても、自分からは攻撃したくなかったし、しないようにしていた。血の出ないスライムは、魔法で倒してもあまり心が痛まなかった。でも、大きな生き物を倒す心構えは、まだできていなかった。

ネリーは立ち上がると、警戒している残りの森オオカミを見ながら、ポツリとつぶやいた。

「気がついていないようだから言わなかったが、サラ、お前のそのバリアにつぶされて、息絶えているスライムが結構いるぞ」

「えっ」

サラは飛びのいた。ネリーに言われたとおり、横のほうにつぶれたスライムがいた。

「移動中にいちいち立ち止まって拾っていては訓練にならないから言わなかった。が、お前のそのバリアは、ぶつかった相手にそのまま力が返るものだ。高山オオカミは丈夫だからあまり影響はなかったし、奴らは手加減していたから大丈夫だったが、ここから下は魔物も少し弱くなる。つまり、全力でお前を倒しにくるから、全力が跳ね返るということだ」

人を噛み殺そうとした力がそのまま戻ったら、それは命を落とすこともあるということである。

「サラはハンターではない。だから、狩ろうとしなくてもいい。だが、この山の魔物はすべて討伐対象、つまり害獣なんだ。はっきり言うと、減らしたほうがいい」

「減らす……」

「そのために私がこの山にいる」

サラは黙ってしゃがみこむと足元のスライムの魔石を拾った。

それから意を決して森オオカミのそばに寄った。

「本当は駄目なんだが、代わりに売ろうか」

ネリーの言葉に首を横に振ると、サラはオオカミにポーチをかざした。オオカミはしゅっと袋の中に消えた。お弁当の隣にあるかもなどということはこの際考えない。中身が混ざることなどないのだから。

本当に何も傷つけたくないのなら、小屋から一歩も出なければいい。

でも、サラは外に出たいのだ。せっかく疲れない体になったのだから、いろいろなことをやってみたい。

そのためには、命を奪う覚悟がいる。そして命を奪った責任も。

「自分で倒したんだから、いや、勝手に倒れたんだけど、私のやったことだから。私が責任を持ちます」

「それでいい」

ネリーはサラの肩をポンと叩いた。でも、ワイバーン一頭分しか入らないこの収納袋に、森オオカミが何頭入るだろうか。サラは、ネリーが魔物の素材を入れるスペースになぜあんなにこだわったのか初めてわかった。

「ちなみに、ネリーの収納袋っておいくらくらい？」

「これか？　まあ。一億くらいだな」

高すぎる。ワイバーン一〇頭分なら仕方ないのかもしれないが。

しかし、ワイバーン一頭分では容量が足りないとすると、どのくらいの収納袋を持っていたらいいだろうか。しかも、サラの支払える範囲でなければならない。

「じゃあ、ワイバーン三頭くらい入るのだと？」

いつの間にか当たり前に単位がワイバーン何頭かになっているのが自分でもおかしい。

「ワイバーン二頭で二〇〇万。三頭で一〇〇〇万だったか」

たくさん入るものほど値段が高くなる仕組みらしい。迷いスライムの魔石が大きなものほど稀だからだという。

「それなら一頭分のポーチを三つ持っていたほうがよくない？　三頭分でも九〇万だよ」

ネリーが確かにという顔をした。

「し、しかし、収納袋三個もジャラジャラと身につけるのはその、なんというか」

どうしても容量の多いものを買わせたいようだ。

「ネリーにとっては収納袋はお高いものではないんでしょ？」

「ああ」

「じゃあネリーはそれでよくて、でも貧乏な私の次の目標は、もう一つ、ワイバーン一頭分の収納袋が目標かな」

「では次は背負う形のはどうだ」

「背負う形のがあるの？　じゃあ、次はそれでお願いします」

また薬草をたくさん取らねばならないと、サラは奮起した。

しかし、意気込みむなしく、次の一時間でサラは足に豆を作ってしまった。

「仕方ない。今日はここまでにしよう。ポーションで直してもいいが、薬草を直接貼り付けても次の日には治っているぞ」

「ほんと？　やってみよう」

サラはちょっと情けなかった。しかし、小屋から出られない日々が半年続いたのだ。むしろ、同じ年の子どもより体力がなかったといっても過言ではない。休みながらでも三時間歩き続けられただけでも成長したと言える。

「魔物がどうとかよりも、歩けるだけの体力をつけないと」

そう自分に言い聞かせる、足の痛いサラを休ませて、ネリーは狩りに出ていった。森オオカミがうろうろしているが、高山オオカミのようにやたらぶつかってはこない。さっき一頭やられたのを見て、警戒しているようだ。

「高山オオカミより賢いかも」

「ガウッ」

「返事はいらなーい」

サラも休んでばかりはいられない。大きめの岩を目印にして、ゆっくりと薬草を探して歩く。薬草、上薬草、毒草、麻痺草は家のそばにもあるが、あと二つ、魔力草と上魔力草はめったに見たことがない。ポーチから本を出して、他の草も摘みながら確認していく。

「あった！」

魔の山はところどころ岩肌がむき出しになっている、険しい山でもある。その岩の隙間にたまっているわずかな土の上に、上魔力草は生えていた。

「そういえば小屋の周りでも、岩が多いところに魔力草が生えていたような気がするな」

サラはつぶやくと、風の魔法で手の届かないところにある上魔力草を上手に切り落とした。

それをさらにふんわりした風で手元に落としていく。魔法の使い方も自己流ながら上手になった。初級はだいたいできるようになったのではないか。

「魔法って便利便利。それでは、上魔力草一本五〇〇〇ギルになります」

その時、岩場の向こう側にちらりと動く影が見えた。

「迷いスライムだ」

迷いスライムは小屋のそばでも見かけるが、目の端に陽炎（かげろう）のように映るだけで、視線を動かすと消えてしまう、不思議な生き物なのだ。どんな色なのか形なのかもサラははっきり見たことがない。

それでも、サラには一度やってみたいことがあった。

「目は動かさない、けど、いつもの炎、追尾で、行け」

サラの前に親指の爪くらいの高熱の炎の小球が生じたかと思うと、シュッとスライムのほうに消えていった。

「今まで成功したことなかったんだけど……」

サラは岩場の上からゆっくりと回り込んでみた。スライムがいたと思われるあたりに、きらりと光るものがある。

「あった！　これが迷いスライムの魔石かあ。初めて見たよ」

しゃがみこんで魔石を拾うと、立ち上がって魔石を日に透かして見た。魔物の魔石は黒っぽいのだが、この魔石は乳白色で、日にかざすと中にさまざまな色が浮かんで見える。

「まるでオパールみたい」

「キエー」

「きえー？」

ドウン。ドスリ。

バキリという、何かが折れたような気味の悪い音と共に、何物をも跳ね返すはずのバリアが大きく揺れたような気がした。時々山小屋の結界にぶつかっていく大きな魔物を思い出し、サラは首を横に振った。

「ま、まさかね」

サラは慎重に魔石をポーチにしまうと、ゆっくりと後ろを振り向いた。

ワイバーン一頭。

ご臨終です。

「なんでこんな。生き物を倒す覚悟を決めたばかりの日に、こんな大物が来なくても」

「ウウー」

「ウウー」

様子をうかがっていた森オオカミが、ワイバーンが完全に死んだと判断し、寄ってこようとしている。

「うそ、ワイバーンを食べるの」

「ガウッ」

ワイバーンは死んでいても怖い。そもそもが恐竜みたいな外見だし、首が折れて開けっぱなしの口にはギザギザの歯が生えているし、高山オオカミの何倍もの大きさがあるし、大鹿をつかむ鉤爪も鋭い。

でも、高く売れるとネリーが言っていたではないか。

それをみすみす森オオカミに食べられてしまっていいのか。

いや、よくない。

サラは収納ポーチに手をやり、その手をそのまま止めた。

「ワイバーン一頭分は入るけれど、ワイバーン一頭分しか入らない」

ということは、中に入っているキャンプ道具や薬草や非常用の食料やさっきの森オオカミを全部出すということで。

サラは目だけ動かした。森オオカミが見える。

その間に、ワイバーンは食べられてしまうだろう。

ではどうしたらよいか。

サラはため息をついた。

「バリアを膨らませて、私とワイバーン両方が入るようにしよう。そして、あとはネリーを待とう」

バリアが多少は大きさを変えられることは実験済みである。また、自分が入れたいと思った人や物を内側に入れることもできる。ワイバーン一頭分くらいの大きさなら何の問題もない。ワイバーンを入れたいわけではないが、仕方がない。

「うう。死体と一緒。ワイバーン怖い」

サラはワイバーンの近くに寄ると、しぶしぶとワイバーンを覆うようにバリアを膨らませた。

異変に気づいた森オオカミが、急いでやってくるが、

「キャウン」

とバリアにはじかれた。バリアは大きくなっても丈夫さは変わらないようだ。サラはほっとした。

「ネリー」

サラは早く戻ってきてほしいと心から願った。

しかし、ネリーが帰ってきたのは夕方のことだった。確かに昼を食べてから出かけたから、いつもよりずっと遅い出発だった。だからといって、いたいけな一一歳を一人で暗くなるまで放っておくとはどういうことか。

サラはキャンプ道具のランプを灯しながら、ワイバーンのそばでぶつぶつ文句を言っている。

秋の終わり、夕方は結構冷える。バリアの周りのオオカミの目が明かりをはじいてきらめくのがまた嫌な感じだ。

「サラ？」

岩場の向こう側、最初にいた大きな岩のところからネリーの声がした。

「ネリー！　こっち！」

「なんでそんなところに、うわっ」

ネリーの声が近づいてきて、最後は驚きで終わった。森オオカミはこそこそと散っていった。さ

すがネリー。「ワイバーンじゃないか。なんでだ。あっ、森オオカミのようにバリアにぶつかったのか。それにしても」

「大きいし、空から降りてきたから、すごい反発があったんじゃないかと思うの」

「さすがのワイバーンも自分の勢いで殺されてしまったというわけか。だが、収納袋にしまえばよかったのに」

「だってこれ」

「あ」

「ワイバーン一頭分……」

ネリーはコホンと喉の調子を整えるかのように咳をすると、

「ほらな、こんなことがよくあるから、最低ワイバーン三頭分は入る収納袋が必要なんだ」

と言った。

「ないから。こんなこと、まずないから」

「う、うむ。そうか」

真顔で否定したサラに、ネリーは気まずそうに同意した。

「さすがにサラが疑われずにワイバーンを売ることはできないだろう。ハンターギルドの一員として心は痛むが、まあ私ならワイバーン一頭でも二頭でも疑われないからな。私が売っておこう。それでな、サラ」

「なあに？」

ネリーはまたコホンと咳をした。

「ワイバーン一頭、売って一〇〇〇万ギルなんだが、そのお金で」

「ワイバーン三頭分の収納袋、背負う型で買ってください」

「うむ。それがいい」

装備ばかりが充実していく。これではいつまでたってもお金がたまらないような気がするサラである。

その日はそのまま、初めてのキャンプとなった。

まずは結界箱を二メートル四方になるよう四隅に配置する。

三つ目を置いた時点で、ホワンと結界が立ち上がった。そして四つ目を置くと、その結界が明らかに強固なものになった。

これで自分の結界を解いても大丈夫だ。

もっとも、すぐ目の前までオオカミが寄ってきたりするから、安全だと思っても怖いものは怖い。

それでも結界の中なら安心して調理ができる。

本当は野菜を切るところから料理をしてみたいが、それは楽しみのためのキャンプだからできることだ。サラが目標としているキャンプは、長距離を移動するため、あるいは狩りに付いていくためのものなのだから、なるべく手間をかけず、疲れないようにしなければならない。

だから今日は、ハンターギルドで買ってきてもらったお弁当が夕ご飯だ。

それでもせっかく買ってもらった、いや、自分で買ったキャンプ道具を使ってみたいではないか。

サラは携帯コンロと小さい鍋を出し、カチッと火をつけた。

湯が沸いたら、町で買ってきてもらった茶葉を入れ、火を止める。

携帯ランプの明かりで、茶葉が膨らんで鍋の底に沈んでいくのを見極める。それから、上澄みだけをカップに注ぐ。

「私はそのまま。ネリーはお砂糖。はい」

「うむ」

ネリーが満足そうにお茶を受け取るのを見て、サラはお弁当の蓋を開けた。

「これがギルドのお弁当なんだ」

「そうだ。私は久しぶりだな」

少しずつ備蓄していたギルドのお弁当を、今日初めて実食するのである。

「パン、はいつものパンと同じだね」

サラはお弁当箱の一隅にあったパンを取り上げてしげしげと眺める。二個入っていたそれは、いつもの黒パンで、ロールパンより少し大きいくらい。

「肉、は何の肉だろう」

「オークだな」

「オーク？」

「地下ダンジョンにいる魔物だ。魔の山にはいない。焼きたてはおいしいぞ」

「焼きたては？」

不吉な言葉を聞いた。

とりあえず、あと一つ。大ぶりな陶器のカップにしっかり蓋がしてある。確かに箱はかさばるし、いろいろと重いので、持ち運ぶのには不便な気もする。

「お野菜のスープ、かな？」

ランプの明かりにかざして見るスープは冷えて脂が固まっていた。

「腹はいっぱいになる」

「確かに量は多いね」

パンはおいしかったけれど、肉は硬かったし、スープは冷えて脂っこかった。

「みんな収納袋を持ってダンジョンに入るんでしょ」

「買えるようになったら即買うな」

「じゃあ、作りたてを収納袋に入れて売って、買った人がその場で自分の収納袋に入れ替えたら、熱いままなんじゃないの？」

「……冷たいまま売ってるから、そのまま買ってる」

ネリーは思ってもみなかったという顔をした。

そもそもお茶を沸かしていれてている段階でなんなのだが、魔法は自由に使えるのだから、食べ物の中身だけとか温められないのだろうか。そもそも何もないところから水や火を出すことができる世界の人たちなのに。

サラはふとそう思いつき、一口飲んだスープに手をかざしてみた。

こんなときこそ魔法の教本を思い出すのだ。

魔力は自分の思い描いたとおりの力になる。自分の魔力量に応じて、無理せず、自由に。

「温かくなれ」

ふわんとカップから湯気が立ち上った。スープに浮いていた脂はなくなり、おいしそうなにおいが漂っている。サラは口をつけてみた。

「おいしい」

そして、ネリーのスープのカップも温めてみる。

「おお！　これはうまい」

どうやら簡単にできるようだ。

では、肉やパンはどうか。アツアツだと怖いので、やはりほんのり温める程度に魔法をかけてみる。

「ジューシーじゃないけど、少なくとも少しは柔らかくなったよ！　ネリーのも温めてあげる！」

「いや、私のは」

ネリーの肉はもうなかった。まあ、ハンターがもたもたご飯を食べていたら、魔物に襲われるかもしれないのだろうとサラは自分を納得させた。

「ま、まあいいや。これでいつでもおいしいご飯が食べられることがわかって収穫だったよね！」

「そうだな。お湯が沸かせるなら、携帯コンロなどいらなかったか」

「あ」

お湯を沸かしてお茶をいれるのは楽しかった。きっと楽しみだけのキャンプもあるに違いない。うん。

鍋を軽く洗い、からのお弁当箱とともに収納ポーチにしまうと、サラは今度はマットを出してきて敷いた。ネリーも自分のマットを出して、隣に並べて敷く。

「並んで寝ると嬉しいね。普段は別の部屋だから」

「そうだな。なんだか楽しいな」

それから、サラは毛布も引っ張り出した。秋の外気は冷たいのだ。特に夜には。

しかし、隣を見るとネリーは何もかけずに横になっている。筋肉か。筋肉のおかげで寒くないのだろうか。

「ネリー、寒くないの」

「寒くないぞ」

「筋肉があるから？」

「何のことだ？　身体強化の応用で、体の表面を覆うように暖かい層を作っているだけだぞ」

サラはその、常識だろうという言い方にイラッときた。なんでも身体強化で済ませているところもなんとなく腹が立つ。あと、教えてくれてもいいのにとも思う。

「ということは、私だってバリアを張る応用で、体の周りを暖かくすればいいわけよね」

サラの負けず嫌いの血がそういうことを言わせてしまった。

「暖かい層を作って、こう」

全身を覆うと、顔が息苦しかった。顔は避けて、温度ももう少し下げて。

「できた」

なかなか快適である。

「魔法、便利よね」

「普通、もう少しかかる。これだから招かれ人は」

ネリーが少し悔しそうだった。

「だって、向こうには魔法はなかったけど、なかなか快適な生活を送ってたんだよ、私」

「今の生活に何の不満もないが。これ以上、何を快適にする必要がある？」

確かに、ここの世界で生活するのにそれほど不便を感じたことはない。もっとも、骨が床に落ちていても気にしない人に、快適さを語ってほしくはないと思うサラだった。

では、いざなくなってみると、困ったなあと思ったものは何だっただろうか。

「そうだなあ。ネット環境かなあ」

「ねっと？　それはどういうものだ」

そう言われると説明するのが難しい。

「目に見えない魔法みたいなものでつながれるところがあって、そこを通すと、いろいろな本の内容や、便利な知識を調べることができるの。例えば、コカトリスのおすすめレシピとか、卵の調理法とか」

「ここの魔法ではさすがにそれはできないな。本を読むか、その知識に詳しい人に教えてもらうしかない」

困るほどではないが、あれば便利だなと思ったのが、魔物の調理をどうするかのレシピなのだ。

「それから、そのネットを通して、遠くに離れた人とお話しできたり、手紙を交換できたりするの」

「それはいいいな」

「うん。例えばネリーがローザの町に行ったとき、『今ローザの町だ。野菜は何を買ったらいい』とか、『今ローザの町を出た』とか、遠くからでも連絡が届くの」

もしそれができたら、三日間不安に過ごすことはなくなる。

「確かにそれは便利だが」

ネリーは何かを考えるように言葉を切った。

「私には、ハンターには、それは必要のないもののような気がするな」

それは、ネリーからは連絡をしたくないということなのだろうか。

「狩りをしている間は、たとえ休憩中であっても気が抜けない。今サラはどうしているだろうかと考えることはあっても、なんとか一人で無事にやっていると信じて一日外にいる。もし、いつでも連絡を取れると思ったら、気になって気になって、狩りが手につかなくなるような気がするんだ」

確かに、ネット環境があれば依存する人はたくさんいるだろうと思う。

「ローザの町に行ったときに連絡が取れる、それは魅力だが、例えば何かの都合で一日連絡が遅れたとしたら、それはそれでなぜ連絡がないのかと心配になるのではないか？」

「ネリー、すごいね。確かにそういう問題はたくさんあったよ」

サラはネリーの考えの深さに感心した。

「でも、直接会わなくても仕事の話ができるとか、直接会わなくてもお店の品物が注文できるとか、いろいろ便利なんだよ」

「ほう」

これはネリーの興味を引けたようだ。

「でも、ここにいても、注文した品物を持ってきてくれる人がいないね、きっと」

「ガウッ」

「わあ、びっくりした。寝言なの？　オオカミはいらないよ、もう」

結界を取り巻くようにして森オオカミも休んでいる。

「オオカミ便？　そのくらい役に立てばいいのにね」

「ガウ……」

しょんぼりした声なんかではないはずだ。

「でも、そんなに便利でも戻りたいとは思わないんだよね」

「そうか」

ネリーはただそれだけを口にすると、サラのほうに顔を向けた。

「その、置いてきてつらかったものはないか」

「あるよ。貯金」

ネリーの聞きたかったのは、親しい人はいなかったかということだろう。

でも、それは女神がなんとかしてくれると言っていた。家族は、サラが疲れずに生きていると知れば、もう会えなくてもなんとか納得してくれるだろう。

「疲れてだるい体に鞭打って、一生懸命稼いだお金なんだよ。そんなに多くなかったけど、こっちのお金に交換して持たせてくれてもよかったのになあ。女神様、サービス悪いと思う」

「サービス。サービスだと？　サラ、さすがに女神にそれを求めるのはちょっと……」

駄目だろうか。まあ、実際にサービスは特になかったので、いまさら求めても仕方がない。

「家族はなんとかしてくれるって、女神様が言ってたから、私は大丈夫」

「そうか」

ネリーは顔を戻すと、夜空を見上げているようだ。

「今はネリーが家族みたいなものだもの」

「そうか。そうだな」

ネリーの口の端が少し上がった気がした。

「家族か。では、家族としては、サラにはもう少し修行を増やさねばならないか」

「それ普通じゃないから」

サラは思わず突っ込んだ。ネリーの家族に会うのが怖くなるではないか。

「家族って、ただ一緒にいて、ただ仲良くしてればいいんだよ」

「そうか。それだけか」

「それだけだよ。ふわ、あ」

家族の定義について考えるのが面倒になったサラは、適当に返事をしたせいか、気が抜けて思わずあくびがでた。

「そうだ、慣れないうちは寝ている間に魔法が切れてしまうから、毛布は掛けておいたほうがいい」

「うん、わかった」

結界越しに夜空が見える。もう少しおしゃべりをしたかったのだが、疲れていたせいか、気がついたら朝になっていた。ネリーの言うとおり、いつの間にか魔法は切れていて、朝のひんやりした空気で目が覚めたのだ。

「ガウッ」

目を開けたら森オオカミと目が合った。最悪だ。

「オオカミは、いらない」

「ん、サラも起きたか」

「ネリー、起こしちゃった？」

「ちょうど起きようと思っていたところだ。おお」

ネリーは眠そうながらもすっと体を起こすと、町のほうを見て感嘆の声をあげた。

「久しぶりに見る。朝焼けだ」

「きれい」

ただ一日、小屋から足を延ばしただけで、今までと何も変わることのない朝の目覚めだ。

でも、今まであまり話さなかった日本の話をしたせいか、ネリーと並んでおしゃべりをしたせいかはわからないが、サラは何かが変わった気がしていた。

「そうか、ここが私の生きている世界か」

朝焼けのなか、ワイバーンが飛び、オオカミがうろうろし、そしてネリーがいる。

快適な生活の日本は、サラにとってはただの思い出にすぎなくなった。

「よし、今日も頑張ろう！」

まずは豆を作らずに歩けるようにならなくては。

サラは元気に立ち上がった。

新しい一日の始まりだ。

この日をはじめに、サラとネリーの外出修行が始まった。

最初は一泊ずつ。一泊して、次の一日は休んで、荷物の整理をし、新しい携帯食を作って収納袋に入れる。道沿いから距離を伸ばし、小屋の右手や左手に、そして山の上のほうにも向かってみる。

湧き水があり、そこから沢が流れ、時には淵（ふち）となって魔物が棲（す）み着いているところもあった。

「ここの淵にいるらしいゴールデントラウトの肉はうまいんだが、私は泳ぐのも釣りも得意ではないし、剣の届くところにも出てこなくてな。いつも眺めているだけだ」

「おいしいの？」

「王都で食べたことがある。普通のマスより肉厚で、淡白ながらとろけるような味わいだった」

「そういえば魚はしばらく食べてないなあ」

肉はたくさん供給されるのだが、住んでいるところは山だし、魚は諦めていたのだ。

淵をのぞきこむと、水の透明度は高いのに一番下が見えない。ということはかなり深いのだろう。

背の黒い魚の群れが目の端を横切る。

「魚、食べたいな」

サラの目が据わった。一瞬でも目に見える物なら、追尾の魔法が使えるが、ゴールデントラウトは影も形も見えない。自分の魔法では水の中まで届くものはない。

「雷、か」

「雷？」

水の刃はどうしてもイメージできないのに、淵に雷撃を落とす自分はイメージできる。ボールに入るモンスターのゲームをやっていたせいかもしれない。

「ネリー、ちょっと下がって」

「サラ、何をする気だ」

「下がって」

「はい」

サラは自分もちょっと下がった。そしてイメージを固める。

「雷撃！」

ピカピシャンと水面に雷が落ちた。

「サラ！」

サラが冷静に淵を観察していると、初めに小さめの魚が、そして淵の底から金色に輝く大きな魚が浮かび上がってきた。

「ご、ゴールデントラウト」

「今日はお魚だ！」

雷撃で気絶しているだけの魚を仕留めてもらい、その日は意気揚々と帰ってきた。

ゴールデントラウトは、サラの身長くらいあったので、一日かけて切り身にし、主にフライにして保存した。軽く小麦粉を振ってムニエルにした夕ご飯は、ネリーだけでなく作ったサラも身もだえるほどおいしかった。

山を上のほうに行くと険しい岩山があり、その隙間を抜けると花畑になっているところもあった。もちろん、そこここに強い魔物がいた。

時には身を守るために魔物を倒すこともあり、ワイバーン三頭分の袋など、もう一年も経つ頃にはいっぱいになってしまい、結局はネリーに売ってきてもらうしかない状態になった。

「最大の収納袋を買えば」

「一億も払えないよ」

ネリーがまるで、ローンで縛りつけておく悪徳業者のようなことを言うので、ネリーのものにしていいから売ってくれと押しつけたのだ。魔物を売ったお金は、

「サラがギルドの会員になったら戻せるよう、別にしておくな」

と、母親のように大事に取っておいてくれているらしい。

そして二年経つ頃には、一日中歩きながら三泊するくらいの脚力はついていた。

最初の一年は一〇日に一度町に行っていたネリーも、収納袋をもう一つ買い、備蓄を多めに買っておくことで、二〇日に一度と間をあけるようになった。一〇日より、二〇日のほうが狩りと修行の予定を立てやすいのだ。

サラはネリーがいてくれることが嬉しいので、それは大歓迎だった。

ネリーの帰りを待つだけでなく、一緒に出かけることができる。現地での仕事はそれぞれ狩りと採取で別々だが、昼は一緒に食べられるし、夜は枕を並べて星空を眺められる。

親子というほど精神年齢は離れていない。むしろ対等なくらいである。しかし、親しい友というよりはずっと近い関係は、不思議と居心地のいいものであった。

ただ、深まる二年目の秋に比例して、ネリーの顔が浮かないものに変わっていくのがサラには気になっていた。


「ネリー」

「なんだ」

ある日の夕食の後、ゆったりと休んでいるときに、サラは思い切って聞いてみた。

「最近浮かない顔をしているようだけど、心配事でもあるの？」

「いや、特には」

ぶっきらぼうな言い方とは裏腹に、返事は穏やかな口調で返ってきた。しかし、言おうかどうしようか迷っている様子も感じられたサラは、もう一押ししてみることにした。

「町にいやなことでもあるの？」

「いいや。というか、なくもない、というか」

ネリーは暖房の前に投げ出していた足を体に引き寄せて、迷うように言葉を選んでいる。

どうやら話してくれそうなので、サラは静かにネリーを待った。

「その、私がこの丘の上の小屋にいるのは、本当は春から秋にかけてだけなんだ」

「それって」

もしかしてサラがいるせいだろうか。いや、もしかしなくてもサラが来たせいで、冬もここから離れられないということに違いない。サラは胸が冷える思いだった。そして、それは言いにくかったことだろうと思う。

「ネリー」

「いや、待て。サラ。違うんだ」

何が違うのだろうか。

「別に一年中この小屋にいてもいいんだ。というか、一年中ここにいたら、契約元のローザの町はむしろ大喜びだろう」

サラは落ち着いてもう少し話を聞くことにした。

「ただ、冬になるとギルドを通して指名依頼が入ることが多くてな」

「指名依頼？」

「つまりだな、個人を指定して、依頼をすること。その分野が得意な者、つまり強い奴に指名がくることが多い」

ネリーは少し自慢そうにそう言って、しかし声を落とした。

「もちろん、断ることはできる。強い者に依頼がくるということは、危険な仕事でもある。それを強制はできないからな。基本的には」

基本的には。ネリーはそう言った。

つまり、ネリーが頼まれているという指名依頼は、強制、またはそれに近いということだろうか。

「おととしと、去年は断ったんだ。今年も断ろうとしているんだが」

ネリーは苦笑した。

「圧が強くてな」

「そうなんだ」

「サラのためということではない。私がこの小屋にいたいから断っているんだ。丘の上のこの小屋にな」

ネリーが手を伸ばしてサラの頭をなでた。

そうはいっても、本当はサラのため、いや、サラのせいだということは伝わってきた。だから口にしたくなかったのだろうということも。

サラはこの世界に来て二年たった。年も一二歳になった。体力もついた。初級魔法だってクリアして、なんなら雷撃だって撃てる。

確か一二歳になれば、ギルドで登録もできるはず。

「三泊しか」

「サラ？」

「まだ三泊しかできないけど、あと二日くらいなんとか歩き切るから。だから、一緒に町に行こう。そしたらネリーだって！」

「ダメだ！」

もともと、来年の春には町に行けるだろうとサラは思っていた。それが半年早くなるだけのことなのに。

「サラはローザの町がどんなに冷たいか知らないからそんなことを言うんだ。あそこはダンジョンの町。元からいる町の住人と、ダンジョンで稼いでいる強者以外には、暮らしにくい町なんだ」

そう言われてみると、確かにサラはローザの町に行くことだけを目標にしていて、そこでどう暮らすかなど何も考えていなかった。そもそもダンジョンに潜ろうとはこれっぽっちも考えていなかったし。

ギルドの登録をしようと思ったのも、ただ、今まで集めたスライムの魔石がギルドで売れればいいと思っていたからだけだった。

「住むところを用意するのにも時間がかかるだろう。下手をすると町の外になるかもしれない。それに、私は依頼を受けたらサラと一緒には……」

サラを置いて仕事に行かなければいけないということなのだろう。今とどう違うの？　サラには、それがここを離れられない理由には思えなかった。

「それなら！」

サラはネリーを途中で遮った。

「指名依頼に、一緒に付いていくのは？」

「それは……」

ネリーはそれは考えてもみなかったという顔をした。

「私が依頼に出ている間、王都の誰かに預ければ……。しかし、そのまま引き離されてしまうかもしれない……」

サラは急かしたいのを我慢した。王都とはどこなのか。ローザとはどう違うのか。なぜ町の役に立っているネリーが町の外に住まなければならないのか。

疑問に思うことはいくらでもある。

「サラ、すまない。すぐには決められない。今度町に行ったとき、信頼できる奴に相談してみる。ほら、薬師のクリスって、言ったことあっただろ」

サラは頭の中をさらってみた。

「クリス。ローザの町で唯一信頼できる人って」

今まで名前が出てきたのはその人だけだったのでサラは覚えていたのだ。

「そうだ。まあ、ギルド長も、いや、あいつは間抜けだから……」

ギルド長とはハンターギルドの長のことだろうか。魔物と戦うギルドの長が間抜けでいいのか。ネリーの話は気になることばかりだ。

「相談してみれば案外道が開けるかもしれない。そうだ、一緒に行けるかもしれないんだな」

ネリーの顔が明るくなった。なんでも人に頼らず一人で考えてしまうのだ、この人は。

サラは明るい顔になったネリーにほっとした。しかし、ほっとするのではなく、いろいろな疑問を、この時にもう少しちゃんと聞いておけばよかったのだ。

「ちゃんと相談して、今後のことを少し考え直してみるよ」

「うん。町まで頑張って歩くから！」

「そうならないといいんだが」

そんな話をしたすぐ後の買い出しの時、ネリーは真剣な顔をしてサラに言い聞かせた。

「いいか、サラ。三日。いや、四日だ。いつもは三日で帰ってくるが、今回は少し時間がかかるかもしれない。もし、四日過ぎても私が戻らなければ、ローザの町に行くんだ」

「ネリー？」

「一人でも、必ず。そして薬師ギルドのクリスを頼りなさい」

ネリーが何を覚悟していたのかわからない。しかし、サラは不安に思いながらも、しっかり頷いた。

「帰ってきたら、今度は四日の宿泊訓練だ。そして、何がなくても来年の春には、一度一緒にローザの町に行こうな」

「うん」

「じゃあ、行ってくる」

ドアの前の階段の下で一度振り返ったネリーに、サラは笑顔で手を振った。

「いってらっしゃい」

「キエー」

「ガウ」

ワイバーンが飛び、高山オオカミが付きまとうなか、いつものようにネリーはさっそうと町に買い出しに出かけていった。

一日目。いつものように、ネリーの部屋の掃除をする。

「どうしてほんの少しの間にこんなに散らかるんだろう」

洗濯物はきちんとたたんで手渡しているし、ネリーの部屋で食事をするわけでもない。それなのに、洗ったはずの服はベッドの布団に巻き込まれているし、何かの紙やクズ、それに本が床の上にばらまかれている。

やれやれと肩をすくめながら、ネリーの部屋だけでなく、山小屋を一通り掃除をした。

二日目。時間がなくてそのままにしていた魔物の肉を料理して、パンに挟んだり、煮込んだり、フライにしたりして収納ポーチにしまった。

三日目。ネリーが帰ってくる時間に合わせてスープを作る。

「遅いなあ。今日はもしかして帰らないのかも」

サラはすぐ食べられるように温めていたスープの火を止めた。サラの魔法の力ならいつでも温め直せるのだが、帰ってきたときに温かいスープのにおいがしたらほっとするではないか。

しかしその日のドアの外の夕暮れに、ネリーの影が映ることはなかった。

四日目、夜の間にネリーが帰ってきているということはなかった。いつもネリーが町に行っている間に済ませている家事は全部終わり、することもない。

「薬草でも採るか」

「ガウ」

「オオカミはいらなーい」

この三日間、サラに声をかけてきたのはオオカミだけだが、別にかわいくなんかない。

「町までは街道があって一本道のはず。いよいよ覚悟を決めないとだめか」

「私は、ローザの町に行く」

四日過ぎても戻らなければ、とネリーは言った。

たった一人で。

「ネリー」

きっとできる。

そして五日目の朝のこと。

「何かトラブルがあったんだろうな」

独り言をつぶやきながら、サラは出発の準備の最終確認をしていた。

これからサラは、昨日決意したとおり、ネリーとの約束を守って町へ向かう。

「入れ違いになったときのために、備蓄は半分は残していく。ネリーが一人で三ヶ月過ごせるように。その代わり、私の三ヶ月分は持っていく」

ギルドのお弁当箱に、自分で詰め直した温かいお弁当。ガーゴイルのローストを薄切りにして、ピリリとしたクレソンと一緒に挟んだサンドパン。ネリーの好きなコカトリスの胸肉に、しっぽの煮込み。ゴールデントラウトのフライ。スープあれこれ。果物を生のものも、干したものも。

「町に行ったら、黒パン以外も売ってるかな」

何かを楽しみにしないと、不安で手が震えそうだった。

備蓄の食べ物は小さいほうの収納ポーチの半分近くの場所を取った。そのほかにキャンプ道具や着替え、たまったスライムの魔石などで、収納ポーチは三分の二は埋まっている。

「でも心配ない。私にはワイバーン三頭分のリュックがあるし、リュックはほとんどからっぽだし」

独り言を言いながら片付けていくと、ネリーが心配で涙がこぼれそうになる。

「ネリーは大丈夫。ネリーは強いもの。トラブルがあっても、身体強化があればたいていのことはなんとかなる。高山オオカミにだって、ワイバーンにだって負けないんだから」

小屋の管理は任されていたから、部屋はいつだってきれいにしていた。ネリーの部屋だってちり一つない。サラは玄関から部屋を振り返った。もう服が乱雑に散らかっていたりしないし、何かの骨も落ちていない。

「いつ帰ってきてもいいように。またネリーと暮らすんだから」

サラは最後に自分の格好をチェックした。結局ネリーは女の子の服は買ってきてくれなかった。だから袖を折り返したシャツに、裾を折り返したズボンの上からチュニックを着て、そのウエストはベルトできゅっと締めている。ベルトには収納ポーチが付いていて、必要なものはすぐ出し入れできるようになっている。

リュックを背負って、上着を羽織ったら、出発だ。

サラは何かを振り切るようにドアを開けた。

「ガウ」

「オオカミはいらなーい。どうせすぐ下でお別れだよ」

「ガウ？」

どうせ誰も来ないから、鍵はかけない。

「次来るときは、ネリーと一緒。だから平気」

階段から下りて、結界の前で止まる。深呼吸をして、大きな声を出す。

「はじめのいーっぽ」

これがサラの異世界生活の、本当のスタートだ。

てくてくと小屋から一時間ほど歩いたが、二本松のところを過ぎたあたりでいなくなるはずの高山オオカミは、何かを感じたのかいつまでも付いてきた。

当然、森オオカミとけんかするのやめようよ。君たちのほうが強いんだからさ」

「森オオカミとけんかするのやめようよ。君たちのほうが強いんだからさ」

「ガウガウ」

「ガウッ。キャーン」

どうせ獲物を横取りするなとかなんとか言っているんだろう。最初にわずかに抵抗したものの、森オオカミはすごすごと去っていった。実力差は大きいようだ。

怪我をしないように、淡々と。休憩を挟みながら歩き通し、お昼はきちんと休み、お茶を沸かす。

急ぎだからコンロは使わない。カップを取り出すと、カップの水を魔法で温めて、茶葉を直接落とす。茶葉が沈んだら、葉をよけながらゆっくりお茶を飲む。そして本当はネリーのために作ったサンドパンを一つだけ食べる。ネリーなら二つ食べるんだけどな、と思いながら。

そして足元が見えなくなる夜は移動しない。これもネリーとの約束だ。まだ日のあるうちに、できれば道の上にキャンプの場所を確保する。どうせネリーとサラ以外は通らない道だ。

明かりを置いて、ギルドのお弁当箱を出す。一度味見して、似た料理を作って入れ直してある。

今日のお弁当は、ホカホカのパンに熱々のスープ、そして鳥肉のソテーだ。なんの鳥肉だったかとサラは思い出そうとしたが、面倒になりやめた。コカトリスかなんかだろう、たぶん。鳥じゃなくてオオツノジカかもしれない。

一年間の訓練で、一日くらい歩き通すのは平気になった。だけど、一人でキャンプしたことはなかった。いつも隣にネリーがいて、楽しく笑って過ごしていた。誰とも何もしゃべらない夜は、こんなにも静かなものなんだなとサラは思った。

「ガウ」

なぜか高山オオカミの群れがサラの結界を取り囲むように寝そべっている。

「オオカミはいらないんだよ」

静かだからオオカミの声が欲しいと思ったわけでもないが、確かに二年間毎日聞き続けた高山オオカミの声は、耳に優しいような気がした。

「いけない、心が弱ってるよ。オオカミが優しいわけがない。あったかくして早く寝よう」

空を見上げれば知らない星座が瞬く。

「ネリー」

サラは目をつぶった。

サラが宿泊訓練で連続で泊まったことがあるのは三泊だ。つまり、小屋までの往復なので、二日目まではなんとか歩いたことのある道だが、三日目からは初めて歩く道になる。

「サラの足だと三日目の終わりが山のふもと。そして四日目から草原。五日目の終わりにローザの町に着くくらいだな」

ネリーの言ったことを思い出す。三日目の朝のことだ。相変わらず高山オオカミが付いてくるおかげで、他の魔物に襲われることがなかったのは嬉しいが、時折試すようにバリアに体当たりをしてくるから、やっぱり隙あらば食べようとしているに違いなかった。

一度山小屋まで整備しただろう道は、獣道ではなくきちんと整地されており、歩きにくくはない。

「こういうところに土魔法が役に立っているんだなあ」

土魔法は攻撃に使うだけではなく、こうして道路を固めたり、町を守る塀などを作ったりするのにも使われるそうだ。それでも下りとはいえ山道なので、何かの勢いで滑って転ぶこともあり、ふもとにたどり着く頃にはサラはだいぶボロボロになっていた。

「やっと抜けた」

三日目の道中はほとんど森の中だった。木の上から見知らぬ生き物が飛びかかってきたりしたが、バリアにぶつかって跳ね返されては高山オオカミたちに食べられていたので、実際どんな生き物だったのかサラにはわからなかった。

そして木々から差し込む光が弱くなってきた頃、ようやっと森を抜けた。

「うわ……平たい……」

目の前には草原が広がっていた。とはいえ、あちこちに丘があり、小さな森があり、その間を縫うように道が続いている。山の上から見えていた町は、目線が同じになったせいか見えなくなっていた。

少し行ったところには、整地された広場があり、今まで人一人が通れるほどだった道も、そこからはおそらく車が一台通れるくらいの幅に広がっている。

「そういえばこの世界、移動手段ってなんなんだろう」

サラは首を傾げた。ネリーはいつも歩いていたし、ローザの町にはダンジョンがあるということ以外、何も聞いていなかったのだ。

「山小屋にはトイレがあって、魔石で水もお湯も困らなかった。魔石で自動車とかあるのかもしれないなあ」

ともかくも町に行ってみないとわからない。

「今日はあの広場でキャンプだ」

「ガウ」

「オオカミは、え」

高山オオカミは、森の入り口で止まっている。

「そっか。生息域が違うってこういうことか。ここが本当に縄張りの限界なんだね」

「ガウ、ウー」

高山オオカミの群れは歯をむき出してうなると、ふいっと向きを変えて山に戻っていった。

「最後まで食べる気まんまんだったな。でも」

サラは胸のところで小さく手を振った。

「ありがとう。さよなら」

結局はオオカミたちのおかげで、たいして困ることなくここまで来られたのだから。

「さて、じゃあ広場に」

「ダンッ」

「え？」

正面から何かがぶつかってきた。

「う、ウサギ？　大きい」

目の前に、一抱えもある大きな灰色のウサギが倒れていた。サラは悲しくなってしゃがみこんだ。

「バリアにぶつかって死んじゃったのか。ごめんね」

「ダンッ」

「ダンッ」

「……」

そんなサラをめがけて、ウサギが弾丸のように次々とぶつかっては跳ね返されていた。

あるものはそのまま絶命し、あるものはよろよろと逃げていく。

サラは衝撃に身を固くしながらも、倒れたウサギをしっかりと観察してみた。

「よく見ると鋭くてとがった犬歯に、太い爪。それに角があるじゃない。これ、見かけはウサギだけど、たぶん肉食だ。つまり、私はエサ認定されてるってこと。ここでもか」

おそらく魔物なのだろう。サラはため息をつくと、リュックを下ろして落ちているウサギを入れていく。持ち上げなくても、かざせば入っていくのは本当に便利だと思う。

「ダンッ」

「うう、捨てていきたい。ちょっとでもかわいそうなんて思うんじゃなかったよ。でもきっと売れるし、ネリーの教育が染みついてるから」

結局近くのはずの広場に着いたのは日も暮れかかった頃だった。

不思議なことに、広場には魔物は入ってこないようだった。

「初めて見たけど、時々は魔の山の討伐に人が入っていて、そのための拠点だから結界が張ってあるってことなのかな」

不思議だが、安全なのは助かる。それでも広場の真ん中にちゃんと結界を設置する。四隅に結界箱を置き、マットを敷く。広場は、ちょっとした公園くらいの広さがあるので、その中で一人で泊まるのはかえって寒々しい雰囲気だった。

歩きすぎて疲れると、なぜか肉は食べたくなくなる。サラは何も挟んでいない黒パンとスープだけを出して、もくもくと食事をとった。お茶も欲しくないので、飲むのはほんの少し温めた水だ。

広くなった道は街道と呼んでもいいものではあったけれど、先が見えず人気のない道は今までの山道より不安を掻き立てるものだった。言いたくはないけれど、オオカミがいないのがほんの少し寂しくもある。

「あと二日、二日目の終わりにはローザにたどり着く。ローザにたどり着いたら、薬師ギルドのクリスを頼る。ほかの人はあてにならないから頼っちゃダメ」

サラはネリーに言われたことを指を折って確認する。

魔の山で二年暮らす間、サラは薬草を採り、偶然倒してしまった魔物もネリーに託し、結構なお金を稼いでいた。その大半は収納ポーチやリュックやキャンプ用具などに消えたが、それでもまだ十分残っていた、とも思う。

「でもそれ、ネリーが持ってたんだよね……」

町に行くときに渡すからと言っていた。実際、山でお金を使うことはまったくなかったから気にしたことはなかったのだが、今回、ネリーが町に行くときに返してもらっておけばよかったのだ。

小屋にはお金らしきものはどこにもなかった。それに、そもそもギルというお金がどのようなものか見たこともなかった。

つまり、サラは今、無一文である。

しかし、後悔しても遅い。それでもお金を稼ぐ手段はある。ネリーの言ったことを思い出す。

「薬草は必ず一定の値段で売れるから、薬師ギルドで薬草を売ってお金に換える。そして、そのお金でギルドに登録をし、身分証を作る。身分証を作ったら、スライムの魔石を売る。つまり薬草ギルドを探して、と」

結構やることがたくさんある。

「そもそも、どんな町でどこにギルドがあるんだろう。一二歳で登録できるとは聞いているけど、大丈夫かな」

町に行くのを目標としていたのに、いざ本当に町に行くとなると、町のことなど何も聞いていなかったことに気がついてサラは心もとない思いだった。

「お金の単位はギル。ワイバーン一頭が一〇〇〇万ギルだということは聞いていても、パン一つがいくらかも聞いてなかったよ」

つまり町の物価がまったくわからないということである。

「せっかくネリーっていう頼りになる人がいたのに、なんでもっとちゃんと聞いておかなかったんだろう」

無口だけど気の合うネリーと一緒の、元気に動ける毎日の生活が楽しくて、先のことを全然考えていなかった過去の自分を反省するしかない。

「お風呂に入りたい。ネリーがなんて言っても、テントを買っておいてもらえばよかった……」

見ているのが角の生えたウサギだけでも、野外で服を脱ぐのには抵抗がある。ましてや高山オオカミがいるところなど論外であった。

「あと二日……」

頑張って町まで歩くしかない。


山道をずっと下ってきたサラにとっては、多少の上り下りはあっても、平地はやはり楽だった。しかし、楽にすたすたと歩ける分、歩く距離は長く感じるようで、昼休憩を取ったときは足がくたくただった。

「足の裏が痛い……」

まるでおとぎ話の踊りすぎた女の子のようである。息が上がるとか、腿が上がらないとかではない。歩くたびに足の裏がずきんと痛む。

「ダンッ」

「ダンッ」

「はい、ウサギ回収ー」

ぶつかってくるウサギにもだいぶ慣れた。

「ダンッ」

「ダンッ」

「あれ、いつもよりウサギが多い？　うわっ」

休憩の時ぶつかられるのは休んだ気がしないので、結界を少し膨らませてあるのだが、その結界が急に白っぽいもので覆われた。

それはよく見ると、

「羊？」

だった。もこもこと厚い体毛に覆われ、くるんと丸まった角を持つそれは、サラの知っている羊よりだいぶ大きかったけれども、確かに羊だった。

羊の群れはサラの結界に当たると不思議そうにしながらも、普通の障害物のようにのんびりとよけていく。

長い時間をかけて羊が通り過ぎていくのを見送っていると、ウサギが羊に飛びかかっているのが見えた。

「羊が危ない、え？」

すごい勢いでぶつかっているはずのウサギの角が羊の毛に引っかかり、もがいている間にほかの羊の角で跳ね飛ばされ、中には蹴とばされているものもいる。やがて羊は一頭も倒されることなくいなくなった。

「羊、ツヨイ」

羊はウサギを食べる気配がないから草食のようだが、魔物の強弱はよくわからないなとサラは思った。

「さて、歩くか」

四日目も歩き切って五日目。

「町が見えた！」

町に近くなってきたからなのか、丘も減り、ところどころ木立のある平原が続くなか、ローザの町らしきものが見えてきた。

見えてきただけで、おそらくまだ一〇㎞はあるだろう。

「壁だ」

山から見ると、かすかに建物が見えたような気もしたが、平原から見ると、高い壁が見えるだけだ。

「とにかく歩こう」

目標ができると歩きがいがあるものだ。お昼もそこそこに頑張って歩いたら、日が傾きかけた頃、やっと町にたどり着くことができた。

「これが、ローザの町」

できたのだが。

サラは困って立ち止まった。

「門が閉まってる？」

道は、町の手前の広場に続いており、その広場の向こうに、高い壁がずっと続いている。その向こうに町があるのだろうと思う。しかし、大きな門は閉まっており、門の上に、兵士だろう人が二人、所在なげにおしゃべりをしているだけである。

しかしもう二時間もすれば日は沈むし、悩んでもいられない。サラは心を決めて、広場まで出て、壁の上の兵士に声をかけた。

「あの、すみません！　あの」

一人の兵はじっとサラを見つめ、もう一人の兵はきょろきょろとあちこち見た後、隣の兵に肘打ちされやっと下を見た。

「あの！」

「なんだ？　東門に何の用だ」

東門？　門がいくつもあるなんてネリーには聞いていない。

「あの、町に入りたいんですけど」

兵はやれやれという仕草をしたので、サラはイラッとした。ネリー以外の初異世界人だというのに、残念極まりない。

「お前、外の子なのに知らないのか」

「よせ。新入りがうっかり薬草探してこっちまで来ちまっただけだろ」

どちらも違うのだが、サラは疲れていて壁の上と下で怒鳴りあってまで説明する気にはなれなかった。いや、むしろ外の子でも新入りでもあるのかもしれないが。

疲れて意識が変なほうにさまよいそうなサラに、どうやら親切なほうの兵が、わかりやすく教えてくれた。

「東門はよほどのことがない限り閉まったままだ。それより、早く中央門まで戻らないと、夜になってしまうぞ。夜になったら町には入れないだろ」

「入れない？」

ネリーはそんなことは言っていなかった。戸惑うサラを見て、親切じゃないほうがまた肩をすくめた。

「おい、ほんとに新入りかよ。親はハンターか何かだろうが、なんで子連れでローザに来ようとするのかね」

「ローザのダンジョンは実入りがいいからな。本当に新入りだったか。だからこっちまで来ちまったのか。迷ったんだな」

もう一人が頭をかいて、壁から身を乗り出してサラを見下ろすと丁寧に説明してくれた。

「いいか。第三をそっちのほうに、街道沿いにまっすぐ歩いていけ。道の向こう側に出るなよ。町何を言っているのかよくわからないが、サラは頷いた。第三とは何だろう。しかし、壁に向かって左側に進めばいいということ、壁の外側、道路までは町の結界が広がっているということはわかった。

「わかってると思うが、身分証なしでも昼の間は町に入れるからな。早く一二歳になってギルドで身分証を作れるようになるといいな」

「そこまで生き延びてればな」

「よせ」

初めて会ったネリー以外の町の人は案外親切だった。もう一人のことは忘れようとサラは思った。

「ありがとう！」

「ああ。気をつけてな」

日暮れまでに着けるだろうか。着いてもどうせ中には入れないなら、今日もキャンプかとサラは肩を落としながら歩き始めた。

そんなサラを眺めているらしい二人の兵の声が、背中から聞こえてきた。

兵士二人ののんびり具合に、自分より角の生えたウサギでも見ていればいいのにとイラッとするサラであった。

「なあ、いちおう俺たち、見張りだよな」

「ああ。何言ってるんだ？」

「あの子、平原のほうから現れなかったか？」

「ばかな。街道から外れたらツノウサギに串刺しにされる平原だぞ。平然と通ってくるのは赤の死神以外には、クリス様とハンターギルドの上級者だけだろう」

「だよなあ」

どうやら平原から現れたような気がするとかなんとか言っているが、私は平原から現れたでしょとサラはいっそう苛立った。見張りのはずなのにちゃんと見ていないからそういうことを言うのだ。

ツノウサギがどうとか言っているが、確かにサラでなければ串刺しだったかもしれないなあと思っているうちに兵の声は聞こえなくなった。

道沿いには程よく雑草も生えていて、こんなときでなかったらピクニック気分だったかもしれない。町の結界の中に入っていると、何より魔物が襲ってこないのだ。

もっともサラの訓練された目は、道沿いの雑草の中に薬草が生えているのも見逃さなかったため、つい手を伸ばして薬草を採ってしまっていた。

「我ながら働き者だよね」

そのせいかどうか、結局、中央門とやらは影も形も見えないうちに、夜がきてしまった。

サラはここまで、薬草を採ってばかりいたわけではなく、いつキャンプを張るか悩みながら歩いていたのだ。いつもだったら、日が落ち切る前に、その日の拠点を決めてしまうのだが。

「でも、明日のために町がどんなところか見ておきたかったし。せめて中央門までどのくらいかかるか知りたかったし。はあ」

町には入れなかったが、とにかくローザにたどり着いたサラは、ため息をついたもののだいぶ気持ちに余裕があった。

「ネリーの様子を知りたいけど、まず自分がちゃんと生きないと。少なくとも、町の外なら生きられるんだけどね」

なにしろ何日も野宿してきたのだ。食べ物も三ヶ月分以上は持っているし、バリアもあるから、魔物には襲われない。

「いや、襲われたけど跳ね返してただけだ。それに町の壁沿いなら実際襲われないみたいだし」

今日も野宿生活になるなら、この壁沿いにキャンプを張るのが安全か、とサラはキャンプによさそうなところを探しながら歩いた。念のため結界箱を使えばいうことはないだろう。

「それにしても、結界は雨もはじくのに、壁の近くまで草がちゃんと生えてるのが不思議。うん？」

サラは思わず道から外れて、しゃがみこんだ。

東門からここまで来る途中の道沿いでも薬草を見つけたので思わず採ってきたが、こうして眺めてみると、壁沿いにも薬草が結構ある。

「薬草、薬草、上薬草、って、魔力草？」

魔力草は魔の山でもどこにでも生えているというわけではなく、主に岩場で採れる貴重な草である。町の壁のそばはさすがに乾燥していたが、それが逆に岩場に近い環境なのかもしれなかった。

「そういえば町に来ることばかり考えていて、生活のこと考えてなかったなあ。野宿なら宿代もかからないし、選択肢の一つにいれておくかあ。そして薬草を採って暮らす。うん」

町に入る。薬師ギルドで、クリスという人を捜す。薬草を売って、ギルドで身分証を作る。ネリーを捜す。それでいこう。

「よし、今日はここで休もう」

結界の中で結界を張る善し悪しはやっぱりわからなかったが、寝ている間にバリアが切れたら怖いので、結界箱を使うことにする。いつもなら道の真ん中だが、さすがに誰かが通るかもしれないので、町の壁を背にして、草があまり生えていないところでキャンプしようと決めた。

いつもよりこぢんまりとした感じに結界箱を置き、明かりを灯(とも)してマットの上で膝を抱えた。

「さすがに疲れたなあ」

こうして落ち着くと、ネリーは大丈夫なのかという不安が頭をもたげてくる。実は、町に来るまでの間、『遅くなった！』と慌てて走ってくるネリーに行き会わないかと、ずっと期待していたのだ。

でもそんなことはなかった。

「まず自分の世話から。つまりはちゃんとご飯を食べないと。でも、面倒だな」

疲れすぎて食欲がない。それでも、何かは食べないと。何があったかな。サラは抱え込んだ膝に顔を埋めた。このまま眠ってしまいたい。

「なあ」

「ひゃい？」

急に声をかけられて驚いたサラは、座ったまま飛び上がるところだった。

顔を上げると、真正面に人がいた。

サラは五日間お風呂に入っておらず、途中で転んだりしたので結構くたびれた感じになっている。でもその少年は、たぶん声と身長からして少年だと思うのだが、サラよりも薄汚れていて性別不明である。

「お前、一人なら、明かりをつけるなよ。悪いこと考える奴もいるんだぞ」

「え、あ、ありがとう？」

少年は手を伸ばすと結界に触れた。

サラはちょっと緊張してバリアを張ろうかと身構えたが、少年はそれ以上手を伸ばしてこようとはしなかった。

「結界箱か。いいもん持ってんな。これがあれば平気か」

そうつぶやくとその少年はなんとなくふらついた足で立ち去ろうとした。でも止まった。そしてまたこちらを見た。

突然の出会いで驚いたが、同じ年頃に見えるその少年はそこまで危険に見えなかったので、サラは警戒を緩めた。

「なあ」

「な、なに？」

「お前、今息苦しくないか」

「別に」

聞かれたことは意味不明でサラは少し戸惑ったが、この会話が記憶の中の何かを刺激した。いつ

かも同じことを聞かれた気がする。

「その、俺と話してて、押されるような気持ちがするとか」

「ないよ」

そうだ、懐かしい。最初ネリーと会ったときに、同じことを聞かれた。この後、招かれ人かと聞かれたんだった。しかし少年はそうは言わなかった。

「そうか」

それだけ言うと、力が抜けたように座り込んだ。

「なんだか空気が気持ちいいと思ってさ、こっちに来たら、明かりがついてて。はは。普通に同じくらいの年の奴と話したの、久しぶりだ」

普通の話といっても、「ありがとう」と「なに」と「ないよ」くらいだが。

でも、サラも人と話したのは一〇日ぶりだ。

「いや、さっき門番の人と話したけど」

サラの小さな独り言に返事が返ってきた。

「ぐー」

少年が慌てたようにおなかを押さえた。そして立ち上がって歩き去ろうとした。

「ねえ、おなかがすいてるの？」

サラは思わず声をかけた。

「別に、うっ」

ぐーと少年のおなかが返事をした。

自分の面倒も見きれないのに、他の人のことを気にかけている場合かと、頭の中でネリーの厳しい声がする。でも、サラは思わず声をかけてしまっていた。

「一緒にご飯、食べる？」

少年がぐるりと振り向いた。信じられないという顔をしていた。

「お、お前だって事情があるんだろ。こんなとこで一人で野宿して」

「うん。でも、ご飯はあるよ」

私、おなかのすいている人を放ってはおけないの。頭の中でネリーに答えた。そうするとネリーはきっとこう言うだろう。わかっているならいい。好きなようにやりなさいと。

ご飯があるという言葉にフラフラと寄ってきた少年のために、サラは腰の収納袋からギルドのお弁当箱を出した。

「それ、ギルドの」

「そうらしいね。箱だけ再利用してるの」

中身は違うよということを強調して、結界の外にそっと弁当箱を出した。

サラは自分用に、スープのカップと何も挟んでいないパンを出した。おなかはすいていなかったけれど、サラが食べなければ少年も弁当に手を出さないだろうと思ったからだ。

手を出そうかと悩んでいる少年を見ながら、サラははっと気がついた。

「フォークとかいる？」

「いや、持ってる」

少年はついに覚悟を決めたように弁当箱を取ると、結界を挟んでサラの向かいに座り込んで蓋を開けた。そしてごくりと唾を飲み込むと、急いでポーチからフォークを取り出した。

おなかがすいてボロボロでも、収納ポーチは持っているんだ。

サラはそう思ったのだが、少年も先ほど弁当を出したサラを見て同じことを思っていたことには気がついていなかった。

湯気の上がるお弁当に眉を上げる気配がしたが、最初はゆっくりと、やがてがつがつと食べ始めると、お弁当の中身はあっという間にからになった。

サラは驚きながらそれを見ていた。本当におなかがすいていたんだ。

「うまかった。こんなうまいもの初めて食べた」

サラが作ったスープに、サラが焼いたコカトリスのしっぽの肉だ。ネリー以外のこの世界の人においしいと言われて、サラは自分の味付けに自信が持てて嬉しくなった。

「お茶も飲む？」

「いいの？」

少し素直になった少年はサラにからになったお弁当を返して寄こすと、自分のカップを出してきたので、カップに魔法で水を出して温め、茶葉を入れてあげる。それを少年が食い入るように見ている。

「お砂糖は？」

「砂糖。入れる」

ネリーと同じ、スプーン一杯の砂糖だ。サラは目がさえてしまうので、夜はお茶は飲まない。

「はい」

「ありがとう」

明かりをつけないほうがいいと言われたが、暗い中ご飯を食べるのが嫌で、明かりはつけっぱなしだ。

サラはなんだか楽しそうにお茶を飲む少年を見て、ほっと力が抜けた。

おなかがすいていてもボロボロでも、遠慮を知っていてお礼がちゃんと言える。それに、声をかけてきたときの言葉もサラを心配していることが伝わるものだった。

いい子なんだなと思う。

しばらくしてお茶を飲み終わると、少年はポーチをごそごそして何かを取り出し、手のひらにのせてサラに差し出した。

丸くて、穴のあいた大きめの金属が一つ、小さい金属が五つ。サラは首を傾げた。

「それ、なに？」

「何って、お金。ギルドの弁当なら容器を返せば一五〇〇ギルだろ。絶対ギルドのよりおいしかったけどな。だいぶ前に食べたきりだけど」

そういえばネリーが言っていた。ギルドのお弁当は三〇〇〇ギル。容器を返せば一五〇〇ギルって。サラは硬貨をしげしげと眺めた。ということは、これは硬貨で、穴のあいているのが一〇〇〇ギル、小さいのが一つ一〇〇ギルだ。

「これがお金なんだ」

「お前」

少年のあきれたような声に、サラはちょっと失敗したなと冷や汗をかく思いだった。

「ええと」

しまったという顔をしたサラを、いまさらだが少年が上から下まで眺めた。

「薄汚れてるけど、元はきれいな服。きれいな手。お前、訳アリのお坊ちゃまか」

お坊ちゃまとは失礼な。同世代にそう言われるのはちょっと癪に障る。それほど年は離れていないはずだ。サラは正直に話すことにした。

「お坊ちゃまじゃないよ。町から離れたところに、親戚のお姉ちゃんと一緒に二人きりで住んでたの。でもいつもはすぐに帰ってくるお姉ちゃんが、ローザの町に行ったままずっと帰ってこなくて」

「心配で捜しに来たのか」

「うん」

人に話してみればそれだけのことだった。町の人に、ネリーを捜している理由をどう説明しようかと思っていたサラは、ほうっと大きな息を吐いた。そう、それだけのことなんだ。

もっとも、親戚のお姉ちゃんというところだけはちょっと嘘が入っているが。

「その姉ちゃん、名前は」

「ネリー」

「ネリーか」

聞いたことないな、と少年は口の中でつぶやいた。

「ローザの町はさ、人の出入りは激しいけど、町にとどまるのはもともと住んでいた奴と、ダンジョンで稼げる強い奴だけなんだ。だからお前の姉ちゃんがよく町に来るんなら、たぶん町の誰かは知ってるはずだよ。俺は来たばかりだから詳しくないけど」

「ありがとう」

町に行く希望ができた。ネリーはきれいで強いから、きっとすぐにわかる。だって目立つもの。遠目に見ても姿勢のよい立ち姿に、焔(ほのお)のような赤い髪。思わず目を引かれる人だ。

「ほら、お金」

もう一度差し出されたので、サラは結界から出ると、お金を受け取った。律義な子だ。

「ねえ、君」

「アレン。俺はアレン」

アレンと名乗った少年にサラは気になっていたことを聞いた。一五〇〇ギルがどのくらいの価値かはわからないけれど、それを気軽に差し出せるなら、少なくともご飯はちゃんと食べられるはずなのだ。

「ねえ、アレン。お金がないからおなかがすいてたんじゃないの？」

「違う。いや、違わないけど」

アレンは頭をかいた。

「俺、一二歳になったばかりなんだ」

自分と同じだ。サラはなんとなく嬉しくて背筋をピンと伸ばした。

「な、ほんとに俺の隣で苦しくないか」

「うん」

「じゃ、話をしていいか。座ろうぜ」

アレンは嬉しそうに座り込んだ。

サラも隣に座る。

「ほんとに久しぶりなんだ。誰かとこうやってご飯を一緒に食べるのも、並んで座るのも」

サラは驚いてアレンを見た。確かに、家族がいたら、こんなに薄汚れるまで放ってはおかないだろう。ということは、一二歳だけれど、世話をしてくれる人はいないということになる。

「勘違いしないでくれよ。俺はふらふらしてるんじゃない。ちゃんと町で雑用をして働いてるよ。でも、雇い主とはさ、働いてお金を受け取ったら、それで終わりだろ」

確かにそうだ。だが、初対面の人に、親はどうしたとか、どんな仕事をしているのかとか、ましてやなんで薄汚れてるのかとかを聞くのはためらわれた。

「お前、名前は」

「サラ」

「サラって……。まあいい。俺さ」

アレンはサラに名前を聞くと、サラが聞けなかったことを自分から話してくれた。

「お前の事情だけ聞くのは不公平だからさ」

そうは言っているが、きっと誰かに聞いてほしかったのに違いない。誰も自分に興味を持ってくれないというのは寂しいものだ。サラは静かに耳を傾けた。

両親は早くに死んだが、母方の叔父さんが引き取ってくれたこと、叔父さんは魔力が多くて、結構強い魔法師だったこと、二人であちこちのダンジョンに行ったこと。もっとも、アレンは近くの町で留守番だったそうだが。

「これ、もうすぐ一二歳だからって、叔父さんが買ってくれたポーチなんだ。一二歳になったら、一緒にダンジョンに入ろうなって」

だから貧しい身なりなのに収納ポーチを持っているのかと納得した。

「でも、叔父さん、人がよすぎてさ。魔力が多いから、町の外ではあんまり身を守る必要もなくて、でも頭はあんまりよくなくて」

そんな叔父さんが大好きだったとアレンの顔に書いてある。

「人に騙されて借金を背負わされたんだ。稼げるからって、ローザの町まで来たんだけど、ダンジョンで死んじゃって」

ハンターは魔物と戦う危険な仕事なのだとネリーから聞いた。

「最後に叔父さんが稼いだ金で借金はチャラだと言われたよ。俺にはこのポーチと、ポーチの中のもの以外何も残らなかった。本当はそれも取り上げたかったんだろうと思う。でも、これは俺個人所有のものだから。叔父さんのものは、思い出以外もう何もないんだ」

じゃあ、どうやって暮らしているんだろう。

「それが二ヶ月前。ほぼ無一文で放り出されたけど、町のあちこちで雑用をもらってさ、町の外で野宿すれば、雨は届かないしなんとか食ってはいける。でも一二歳になったから、なるべく節約して、ギルドに登録したくてさ。だから金は少しはあるんだけど、節約して使わないようにしてるんだ」

そう言ってアレンは屈託なく笑った。食費を削っていたからふらふらしていたのだろう。

それなら、せっかく節約していたのに無理にお金を使わせちゃったかなあとサラはちょっと後悔した。そんなサラに気づかずに、アレンは話を続けた。

「ハンターギルドに登録したら、保護者がいなくても夜だって町にいられるし、ダンジョンにも入れるし」

「ダンジョン？　さっきもそんな話してたけど、危ないんでしょ？」

「低層階なら、魔物も弱いから、ハンターになりたてでも食べるくらいなら稼げるんだ。俺、魔力が多いから身体強化が使えるし」

「そうなんだ」

小屋から出て町に行けばなんとかなると思っていたサラは、一二歳でもダンジョンに入って稼げるということに驚いた。ギルドに登録することと、それで稼いで生活するということが結びついていなかったのだ。

「お前」

アレンが憐れむようにサラを見た。

「ほんとに何も知らないんだな」

「うう」

本当に何も知らないのだということが、アレンと話してみてよくわかった。なんなら話さなくてもわかっただろう。さっきのお金のやり取りを思い出して、サラはため息をつきそうになった。お弁当一つでいろいろなことを知ることができてよかったと思う。

それに、本当に寂しかったようだ。ずっとネリーのことだけ考えて歩き続けていた不安や緊張が、なんだかほぐれてどこかに行ってしまった気がする。

人と話すことがこんなにほっとすることだとは思わなかった。

「でも、俺もよかった。魔力が多いと、何か他人に対して圧があるらしくて、魔力の少ない奴とはあまり話せないんだよ。叔父さんがいたときはよかったけど、雑用以外では割と人に避けられるからさ、俺、久しぶりにいっぱい話した」

もともとは陽気な子なのだろう。明かりを見て、人寂しくなってきたのに違いない。

来てくれてよかった。

「それにしても、ギルドの登録料一〇万ギル。一二歳が稼ぐにはつらすぎるよなあ。なかなかたまらない」

「一〇万ギル？　そんなに？」

登録にそもそもお金がかかるとは思っていなかったうえに、そんなに高額とは思わなかったサラは思わず聞き返した。お弁当だって一五〇〇ギルなのに。

「もしかしてお前も登録したいのか？　いや、そうだよな。親がいなければ身分証代わりに登録するよな、普通」

「うん。そのつもりだったけど、お金がない」

ないどころか、ゼロである。

「一〇万ギルって、これから稼ごうとしている子どもにとってはつらくない？」

「もともと一二歳から登録できるってだけで、普通はもっと年をとってから登録するもんだしね。そもそも、家から独立させるのに無一文で放り出す親もいないだろ」

「そっか。無一文の一二歳が珍しいのか」

ここに二人もいるけどねとサラはアレンのほうに目をやった。

「さっきさ、ダンジョンの低層階なら魔物も弱いって言ったけど、町で雑用すらできない子どもが、弱いとはいえ魔物を倒せると思うか？」

「思わない」

「だからさ、覚悟のない奴をはじく意味もあると思うんだよ、俺」

「なるほどね」

でも、一〇万はやはり高い気がする。

「仕方ない。薬草を売るしかないよね」

サラの持っている薬草で十分稼げる額ではある。しかし、やっぱりダンジョンで稼ぐのは無理だと思うので、ギルドで身分証を得たとしても、継続してお金を稼ぐには薬草しかないとサラは思うのだった。

「薬草？　難しいだろ。ここらではめったに採れないから、南のほうからわざわざ取り寄せてるって言ってたぜ」

「そうなの？　でもそこらへんに生えてたよ？」

「え？」

「え？」

サラとアレンは顔を見合わせた。

「サラ、薬草詳しいの？」

「詳しいというか、それでいちおうお小遣い稼いでるし、このポーチだって薬草を地道に採って買ったんだもの。そもそも、薬草一覧にも六種類しか載ってないよね」

サラにとっては、むしろアレンが何を言っているのだろうという感じだ。

「それで収納ポーチを持ってたんだな。じゃあさ」

アレンが顔を輝かせた。

「俺、町の案内をするからさ。お金についても教えてやる。だから、薬草採れるように俺に教えてくれよ。薬草って、けっこう高く売れるだろ。町での雑用って、そこまで稼げないんだよなあ」

「いいよ」

「ほんとか！　あと二万で一〇万ギルになるんだ。そしたらギルドで登録できるから」

サラだって薬草一覧を見て覚えただけのことだ。人に教えてもどうということはない。

アレンは満足したように立ち上がった。どうやら自分の寝るところに戻るようだ。

「お前、結界の中に戻れよ」

「うん」

「また明日な！　明かりは消せよ」

「うん。また明日」

明日また会おうと、自然に約束できたことに、心の中まで温かくなった。

ネリー。

サラは夜の空を見上げた。

少なくとも、一人は友だちができたようだよ。

町のそばでも魔の山と同じ星が見えたような気がした。


「おはよう」

「おはよう」

朝の光で見るアレンは、やっぱり夜と変わらず薄汚れていたが、よく見ると手と顔はきれいだった。サラより頭一つ分くらい背が高い。

サラとは形の違うポーチを右の腰に付け、左には短剣を差している。

そしてたぶん砂の色のぼさぼさの髪に、少し灰色がかった青い瞳をしている。

「ご飯食べる？」

「いや、俺」

「情報料だと思って。パンだけだけど」

「……ありがとう」

結界箱もマットも片付け、アレンのカップにお茶をいれてあげながら、サンドパンを渡す。

「これ、うまいな」

「コカトリスの胸肉だよ。玉ねぎとからしも入ってる」

ネリーの好きなやつだ。

「まさか。コカトリスはダンジョンでも下層にいる強い魔物だぜ。うまい鳥肉ってことだろ」

なぜダンジョンの下層の魔物が魔の山にいるのか。サラはネリーが嘘をついたとは思わないので、そっちのほうが気になった。だが、ネリーの言うコカトリスとアレンの言うそれは違うものかもしれないし、おいしいには違いないのでまあいいかとも思うサラだった。

「そう。鳥っぽいものだよ」

確かに羽は生えていた。しっぽは蛇だけれど、卵も産むし。

「鳥か。うまいな」

アレンはパンをもぐもぐしながら、サラのカップを指さす。

「それさ、昨日も思ったんだけど、どうやってんの？」

「なにが？」

「お湯。火を直接当ててないよね。どうやってあっためてんの？」

「魔法だけど。水に、熱くなれってする」

そういえば、ネリーにも教えたが、やればできるが細かい魔法は苦手だと言って自分ではやらなかったような記憶がある。

「なんだよそれ。水に話しかけてるみたいだ」

アレンがおかしそうに笑った。正確に言うと、水が沸騰していく様子を早回しに伝えているようなイメージなのだが、説明するのが少し難しい。

「あとで真似してみてもいいか」

「いいよ。その時にちゃんと教えるね」

お茶を飲んで軽くカップを洗って、荷物にしまうとアレンは立ち上がった。

「先に町に行くか？」

そわそわしながら言うアレンに、サラは思わず笑みをこぼした。

「また戻ってくるのは大変だから、ちょっと薬草を見ていこうよ」

アレンの顔がぱあっと輝いた。

街道まで戻りながら、サラはポーチから薬草一覧を出す。

「これ、薬草。わかる？」

「うーん。なんとなく」

「じゃあ、ここでしゃがんでみて。それで、これっぽいものを探してみて」

「ここで？」

サラはアレンをしゃがませてみる。

サラの目に入るだけでも、右手のほうに薬草のひとむらがあり、その先にもある。

「これ？」

「そう」

恐る恐るアレンが指さしたものは、ちゃんと薬草だった。

薬草は群生しているから、一〇本はすぐだ。サラもアレンとは別の草むらで同じように薬草を採る。

「一ヶ所で採ると生えなくなるから、半分は残して、移動しながらね」

「うん。すごいな、こんなに。町では今薬草が足りなくて困っているのに」

「そうなの？」

「王都のほうで、必要だからって。なかなか流通してこないんだ」

そうしてアレンは短時間で一〇〇本、一〇束ほど集めていた。

サラはちょっと驚いた。一二歳という年で、言われたことをすぐに集中して実践できるのは難しいと思う。真剣に自立しようとしているとこうなるのか、アレンが特別なのか。

サラもアレンの様子を見ながら同じだけ集めることができたが、サラはもう二年の経験があるからできて当然だ。

「毒草とか、上薬草とかも教えようか？」

「それもあるのか。いや、いっぺんにやると難しいから、今日はこれでいい。まず確実に薬草を覚えたいし。それで、サラはどこに行きたいんだ？」

「えと、困ったら薬師ギルドのクリスを頼れって言われてる」

「クリス様か。薬草を売りに行くなら薬師ギルドだから、ちょうどよかった。じゃあ、薬師ギルドにまず行ってみようか」

「うん」

サラにとってアレンの存在がどれほど心強かったことだろう。

しかし、なぜクリスが様付けで呼ばれているのかがちょっと気になった。

まず中央門まで一時間くらいかかった。中央門は、東門よりも当然大きくて、馬車が二台余裕ですれ違えるほどだったが、町の規模に比べるとむしろ小さく見えた。

朝だからか、町から出ていく馬車が多い。

やけに大きい馬にぎょっとしながらも、車はなくて、馬車で移動するんだなとサラは観察する。

「ローザの周りにはダンジョンが二つあるんだけど、ずっと昔ダンジョンから魔物があふれたことがあるんだってさ。だから、いざというとき、町を守れるように門は小さくしてあるんだって」

「そうなんだ」

ダンジョンから魔物があふれるんだ。というか、普段は出てこないんだ。その知識のほうが新鮮だった。昨日からの半日で、サラはネリーといた二年間よりたくさんの情報を得ていた。

「昼は自由に出入りできるからな」

「うん」

サラはドキドキしながら門を見上げ、口を開けたまま門をくぐろうとした。ずっと目標としていたローザの町への第一歩だ。隣に、一緒に喜んでくれたはずのネリーがいないことが寂しいけれども。

「アレン！」

「おはよう！」

門番の兵がアレンに声をかける。

「どうだ、金はたまったか」

「もうちょっとなんだ」

「頑張れよ！」

その兵士は、サラのほうををじろりと見たが、アレンのおかげかそれが仕事なのか黙って通してくれた。門を通ると、最初に大きな泉があった。

「ここで朝、顔を洗ってるんだ」

「いいの？」

「町が結界で覆われてるからさ、雨水はためられないだろ。それでも北の山から水がきてるとかで、町のあちこちに泉があるんだよ。だから使い放題さ」

アレンが泉で豪快に顔を洗って、袖でそれを拭いた。

サラが周りを見ても誰もそれをとがめない。

「ハンターギルドはそっち側すぐだけど、薬師ギルドはもっと内側にあるんだ。第二層だから、もう一つ門をくぐるよ」

「うん」

返事はしたものの、サラはそれどころではなかった。さっきも門のところでも見たが、大きな馬が馬車を引いている。ただし、サラの見たウサギは草食ではなかったし、羊は大きくて強かった。この馬も、普通の馬ではないかもしれない。サラがちょっとびくびくしていると、通りすがりの馬がサラに歯をむき出した。

「ブルル」

「こわっ」

「ハハハ。ただの馬じゃん。気に入られたんだろ」

いや、絶対に敵意むき出しだったと思う。サラは高山オオカミを思い出した。

「主に町の間の長距離移動で使われるんだよ。ツノウサギの角も通らない、丈夫な生き物なんだ」

ツノウサギとは、あの灰色のウサギのことだろう。ということは、この馬もやっぱりただの馬ではなかった。なるべく避けるに越したことはないと、サラは一人で頷いた。

町中は一番高い建物でも三階建てで、町のいたるところに泉があり、道はといえば広くはあるものの複雑に曲がりくねっている。

古い町という感じはせず、建物にも統一感はなく、それぞれが思い思いに建てましたという感じが面白い。

土魔法で道路を固めることができるなら、建物ももう少し高く建てられる気がするのに、三階建て止まりなのは、もしかして町の周りの壁より高くしてはいけない決まりでもあるのかなあとサラはきょろきょろと辺りを見渡した。

中央門の前だからか、住宅街というより、商店街のような賑やかさだ。

サラやアレンのような子どもは少なく、ネリーのような格好をした男女の割合が高いような気がする。

「最初に来た奴はたいていい迷うからな！　泉の特徴を覚えて、泉を起点に覚えるといい」

「う、うん」

そう言われても、すでにどの道を来たのかわからなくなっているサラである。

アレンに泉の特徴を一つ一つ教わりながら、中央門から町の奥のほうにぐねぐねと一〇分ほど歩いたところに、また門があった。

いや、門があるというより、壁があった。それも、まるでローザの町の中にもう一つ町があるかのように、ずっと壁で囲まれている。二階建てほどの高さがあるので、壁の中は見えない。

「なにこれ。町の中の町？」

「ある意味正解。この壁の中が、昔のローザの町なんだって。第二層って言われてる。今俺たちがいるところが一番新しい町で、第三層」

「それで第三か」

サラはぽんと手を打った。東門の兵の言っていたことがやっと腑（ふ）に落ちた。

「じゃあこの壁が第二？」

「そう」

「で、もしかしてその内側には」

「第一層があるんだ。俺も行ったことないけど」

ローザの町は三重構造になっているらしい。

中央門よりさらに狭いその門を、門番にじろりと見られながら中に入っていくと、ひときわ大きい泉があった。

「あれが薬師ギルドの目印。そしてその前にあるのが薬師ギルドだよ」

「わあ」

薬草だとはっきりわかる絵の描かれた大きな看板がついたその建物は、おそらく奥にも広くて、小さい工場といった雰囲気であった。

映画で見た外国の酒場のような両開きのドアを押すと、がらんとして誰もいなかった。

店を見渡すと、横に長いカウンターがあり、その奥の棚にはポーションと思われる小さいガラスの容れ物(いれもの)が並んでいる。客も店員もいない。

だが、棚の奥のほうからはガチャガチャという音と人の気配がする。店の奥でポーションを作っているのだろう。

「俺も一回しか来たことないんだ。叔父さんと、最初に町に来たとき、たまたま手に入った薬草を売りにきてさ」

なんとなくひそひそと小さな声で話すアレンに頷いていると、その気配を感じたのか、工房から人がひょいと顔をのぞかせた。

アレンはすかさず声をかけた。

「あの、ちょっといいですか」

顔を出したのは二〇代半ばくらいの若い男だ。金髪に少し垂れた青い目。

白っぽい上着の襟もとについた新緑の色のブローチに目が留まる。薬師のしるしだろうか。

女の子にもてそうだなとサラは人ごとのように思った。ちなみにサラの好みではない。

その人はアレンとサラに目をやると、顔をしかめた。二人とも薄汚れているから仕方ないかもしれないが、感じは悪かった。アレンは慣れているのか、その対応については何も言わなかった。

「俺も用があるんだけど、まずこいつから。薬師ギルドで聞きたいことがあるんだってさ」

アレンがそう紹介してくれたので、サラは前に出た。

その人はなぜだか一歩下がったが、何かに気づいた顔をするとまた一歩前に出た。

「お前は魔力が高くないんだな。そっちの奴は近づくなよ。で、なんだ」

顔をしかめたのはアレンの魔力を感じ取ったからなのかとサラは納得した。いちおう話は聞いてくれるようだ。

「あの、私はサラって言います。山のほうに親戚のお姉さんと一緒に暮らしてたんですが、姉さんがローザの町に行ったまま帰ってこなくて」

「へえ。姉さんが。名前はなんていうんだ？」

「ネリーです」

サラは名前だけでは足りないだろうと気づき、ネリーの特徴も上げた。

「背はこのくらいで、二〇代半ばくらい、きれいな赤い髪の毛の、緑の瞳の」

「まるで死神みたいな容姿だが、年と名前が違うしな。ちょっとわかんねえな」

その人は、ちょっと面倒くさそうに、でもいちおうちゃんと考えてそう言ってくれた。死神みたいとはどういうことだろう。この世界の死神はそういう容姿なのだろうか。

それも気になるけれど、ネリーは薬師ギルドに薬草を売りに来ていたはずなのに、どうしてわからないのだろう。それが一番不安だった。

「それで、町から四日戻らなかったら、薬師ギルドのクリスという人を頼れって言われました」

「クリス様をか」

そのお兄さんの目が細くなり、声がいきなり冷たくなった。

「なんだ、クリス様目当ての女かよ。今クリス様はこの町にはいねえ」

「いない？」

「事情があって出かけてるんだ。そういうことで、役には立てねえなあ」

「いつ帰ってきますか」

「わからん」

サラは途方に暮れた。ネリーは薬師ギルドのクリスを頼れと言った。クリス以外は信用できないとも。逆に言えば、それしか言わなかった。

「サラ」

入り口でアレンがサラを手招きした。

「ハンターギルドにも行ってみよう」

「うん」

そうだ、そっちで薬草を売っていたかもしれないと、サラは希望を持った。

アレンは元気づけるようにサラの肩をぽんと叩くと、カウンターに声をかけた。

「ええと、あんた」

「あんたじゃない。テッドだ」

知ってて当然だろうという態度だ。名札だって付けてないし、知るわけがないのに。

「俺はアレン」

アレンはちゃんと名乗った。確かに、これから薬草を売りに来るのなら、名前は覚えてもらったほうがいい。

でも、テッドはそれがどうしたというような顔をしただけだった。

なんだか馬鹿にされてるみたいと、サラは嫌な気持ちになった。

「俺、薬草採ってきたんだ」

「なんだと？」

テッドの目の色が変わった。

「カウンターの上に並べてみろ」

カウンターを指さすと、サラの話を聞いたときとは違って、数歩下がった。魔力持ちの人はそんなに圧があるのだろうか。アレンから聞いていたが、実際に見ても魔力の圧を何も感じないサラには不思議な光景だった。

「わかった。サラも出して」

アレンは素直に頷くとサラにも声をかけ、一〇本ごと一〇束を、ポーチから出して丁寧に並べていく。

サラもアレンをまねてその隣に薬草を並べた。

「これは新鮮な薬草だな」

テッドは真剣な顔で薬草をチェックしていく。

「一本も間違いがない。一〇〇本、一〇〇〇ギルだ」

そして穴の開いた銀貨を一枚ずつ、カウンターに置いた。

サラは首を傾げた。

ネリーは、薬草は一〇本で五〇〇ギルと言っていなかったか。だとすると、一〇〇本なら五〇〇〇ギルということになる。

「おい、あんた」

「テッドだ」

「テッド、値段が違うだろ」

アレンが冷静に指摘している。やっぱり間違いなんだ。

「さてな。薬草であることは間違いはないが、品質が悪い。定価では買い取れないな」

サラはむっとした。サラが確認したのに品質が悪いなどということはない。それにテッド自身が、さっき新鮮だとつぶやいていたではないか。

だが、アレンは表情を変えずに、じっとテッドを見つめている。何かを見極めようとしているみたいだ。

テッドは片方の口の端を上げて、馬鹿にしたようにアレンを見た。

「俺が三層の子だからか」

「三層の子？　三層の子ですらないだろ。噂(うわさ)は聞いてる。取り残されて、身分証すらない子どもが三層だけでなく、二層までうろついてるってな」

「うろついてない。配達の仕事をしているだけだ」

なんということだ。この人はそもそもアレンのことを知っていたのだ。薬草がちゃんとしているとわかっているのに、アレンが立場が弱いからそこに付け込もうとしている。

サラは愕然(がくぜん)としたが、アレンはそれ以上何も言わず、表情を変えないままカウンターの上の薬草をさっさとポーチにしまってしまった。

サラの分も手渡されたので、戸惑いながらポーチにしまった。

「おい！」

「適正な価格じゃないなら、売らなくていい」

焦ったようなテッドをアレンは気にもかけなかった。まるでこういうことには慣れっこだとでもいうようだ。

「サラ、行くよ」

「あ、私」

魔の山で採っていた手持ちの薬草も売りたかったサラだが、アレンが首を横に振った。

サラはそれだけで理解した。

銀貨一枚出されたのは、アレンだけではなかった。サラも、テッドの言うところの「第三層の子ですらない」のだ。つまり、どんなにいい薬草を出しても買い叩かれるということだろう。

アレンに手を引っ張られて、薬師ギルドを出るサラが振り返ると、テッドは少し悔しそうな顔をしてカウンターの裏に戻っていくところだった。

急いで薬師ギルドを出ると、明るい日差しに泉の水がキラキラと輝いていた。まるで何事も起きなかったかのように。

そのまま二人でとぼとぼと第二層の門を出た。

あっさりと引き下がったように見えたが、やっぱりアレンも嫌な扱いをされて気持ちが落ち込んでいるようだ。

サラはといえば、薬師ギルドに行ってクリスに頼るという前提がそもそも駄目になってしまった。

それに、薬草で稼ごうと思っていたから、それもできないとなるとどうしたらいいんだろう。

一〇〇〇ギルでは売れるから、最悪それでもいいのかもしれないが、足元を見られて買い叩かれるのは悔しいいし、ぎりぎりまでそれはやりたくない。

それに、あの様子ではいつでも一〇〇〇ギルで買ってくれるとは限らない感じがする。

「とりあえず、ハンターギルドに行こう」

アレンの静かな声がした。サラがはっと顔を上げると、アレンはもうさっきのことは吹っ切っているようだった。

「そうだ。ネリーのこと、そっちで聞けるかもしれない」

今度はしっかりと道を覚えよう。サラは気持ちを引き締め、しっかりと前を向いた。

「時間がもったいない。さあ、急いで行こう」

「うん！」

アレンが一緒で心強い。

もう一度、中央門のところに戻って、今度は西側に行くとすぐに、大きな建物があった。やはり二階建てだが、さっきの薬師の工房よりずっと幅広く、奥行きもありそうだ。

看板にはワイバーンの絵が描かれている。

「ここでもワイバーンだ」

サラがクスッと笑ったので、アレンはほっとしたようだ。そしてなぜか自慢そうに説明してくれた。

「ここがギルド。正確に言うとハンターギルドだ。受付があるから、そこで聞いてみよう。今は暇な時間だから、きっと教えてくれるさ」

「うん」

さっき、人の悪意に触れたばかりのサラはかなり緊張していたが、アレンに連れられて、やはり両開きのギルドの扉を押した。

「よう、アレン！　金はたまったか！」

ここでもアレンに声がかかったが、それは気安く好意のこもったものだったので、サラも少し気が楽になった。

「もう少しなんだよ」

アレンは明るい声で答えた。

「今日も雑用探しか？」

「それもあるけど」

アレンはサラを見た。サラは頷いた。

「そこの受付がいいと思う。ヴィンスっていうんだ。いかついけど親切な人だ」

「いかついは余計だろ」

すかさず突っ込まれている。

「うん。あの」

ギルドは広いホールになっていて、カウンターがずらりと並び、そこに受付の仕事だろう人がちらほらと座っている。男性も女性もいるが、ほとんど皆中年以上の落ち着いた人ばかりだった。

アレンの指したのは、一番手前のカウンターだった。そこでは現役のハンターだと言っても通りそうな、がっちりした体格の人が受付をしていた。少しぼさぼさの茶色の髪が青い目に入りそうなくらい伸びている。そしてこざっぱりした白いシャツの胸には、入り口にあったのと同じワイバーンのマークが付いていた。

ちょっと怖い。しかし、三〇代後半くらいに見えるその人は、よく考えたら、日本での職場の上司くらいの年齢だ。そう思ったらなんとなく気が楽になった。

それでも話しかけるのには、少し勇気が必要だった。

「あの、人を捜しているんです」

「依頼かい？」

「依頼？」

依頼とは何だろう。サラは困ってアレンのほうを振り向いた。

「違うんだ。こいつ、一緒に住んでいた姉ちゃんがローザの町に行ったっきり帰ってこなくて、それで見かけた人がいないか聞きに来たんだよ」

「それならギルドはお門違いだろう」

その答えにがっかりして一瞬うつむいたサラを見たヴィンスという人は、ちょっと横を向いて大きな声を出した。

「あー、それで、姉ちゃんっていうのはどんな外見なんだ」

仕事でなければ受けられないのだろう。だから世間話だという体で話をしてくれようとしているのだとサラは理解した。

「きれいな赤い髪を長く伸ばして、邪魔だから一つにまとめているんですけど、きれいな緑の目で、背が高くてスタイルもよくて、きれいで」

「あー、あんたが姉ちゃんを好きなのはよくわかった。年の頃と名前は？」

「二〇代半ばくらいです。それから名前はネリー」

「うーん」

受付の人はうなると、さりげなく周りを見渡した。話を聞いていた人は、みんな首を横に振っている。

「見た目だけなら女神に似てるんだが、年回りと名前が違うんだよな」

さっきは死神に似ていると言われたが、この世界では死神も女神も赤毛なのだろうか。

一瞬疑問が頭をかすめたが、今はそれどころではない。他に特徴はなかっただろうか。

「あの、強くて、優しくて、無口だけど話すと面白くて、頼りがいがあるけど少し間抜けで」

いろいろなことを思い出してだんだんと涙声になってしまう。

「私の採った薬草を町に行くついでに売ってきてくれてて、なにかあったら薬師ギルドのクリスに頼りなさいって言ってたのに」

受付の人はアレンに小声で確認した。

「薬師ギルドではどんなだった。その姉ちゃんがこっちに売りに来てないってことは、薬師ギルドに売りに行ってたってことだろう」

「ここに来る前に薬師ギルドに行ってはみたけど、そんな人は知らないしクリスは今いないって冷たい態度を取られたんだ。売りに行った薬草も値切られそうになったから、とりあえずこっちに連れてきてみたんだ」

「あー、クリスは今は町にはいねえなあ、確かに。若い女ってことで、クリス様教徒の反感を買っちまったか。普段から面倒くさいことになってるからな、あの人の周りは」

受付の人は天井を見上げた。アレンはちょっとうつむいた。

「俺が連れてったのもまずかったのかもしれないんだ。お前は三層の子ですらないだろうって言われた」

「一層もだけど、二層に住んでる奴らは特権意識が高いからなあ。誰のおかげで暢気に暮らせてると思ってんだよ、まったく」

「ヴィンス。しょうがないよ。俺に身分証がないのはほんとだし」

「とりあえずその、薬草を見せてみろ。身分証がないとギルドでは売り買いはできねえんだが」

「サラ、お前の薬草も見てもらおう」

どうやらアレンはヴィンスを信頼しているようだ。

サラは今度は安心してカウンターに薬草を並べた。

「これはまた、いい薬草だな。大きさも形も揃っていて、質もいい。薬師ギルドで、これを値切ったっていうのか？」

「全部で一〇〇〇ギルだってさ」

アレンが吐き捨てるように言った。

「ちっ。ただでさえ薬草が不足してるときに、なにやってんだ、あいつら。お前」

ヴィンスはサラに視線を移した。

「見ない顔だが、さっきの話じゃあ、ローザの町住みじゃねえな?」

サラは頷いた。住んでいたのは魔の山ですと言ったほうがいいだろうか。

しかし、悩んでいる間もなく矢継ぎ早に質問がくる。

「ギルドに登録は」

サラは首を横に振った。

「金は」

それも横に振るしかない。

「お前は、無一文で、あてもなく姉ちゃんを捜しに来たのか」

その言葉には、確かに憐れみも入っていたけれど、無茶だろうという響きも混じっていた。異世界は世知辛いなあとサラは心の中でため息をついた。

「小屋に一人残って、ネリーを待つのは嫌だったんです」

「家でも子ども一人か。それなら仕方ないか……」

ヴィンスという受付の人はどうしようもないなという顔でアレンを見た。

「アレン、お前が早く登録して代わりに薬草を売ってやればいいだろ。こっちで薬草を売ったら手数料二割取られるけどな」

「薬師ギルドなら代わりに売るのはありだが、こっちでは規約違反だからな。受付のくせに大きな声でそんな話をするな。陰でやれ」

ヴィンスにそう言いながらカウンターの奥から出てきたのは、金色の髪を短く切った大柄な男だった。受付の人と同じくらい、三〇代後半から四〇代初めくらいの年の人に見えた。こちらは間違いなくハンターだと思わせる威圧感のある人だった。

胸に受付の人と同じワイバーンのマークを付けている。

だが、歩き方だろうか、話し方だろうか、なんとなく軽い感じの印象も受けた。

「だがなあ、ジェイ」

「ギルド長って呼べよ」

「ギルド長」

呼べと言ったくせに、そのヴィンスの声を無視して、ギルド長と呼ばれた人はアレンを見た。

「登録まであといくらだ」

「二万」

「もう薬草はあっちでは買い叩かれるだろうなあ。仕方ねえ。さっさと雑用でも何でもして登録料を作れ。ギルドに登録しさえすれば、こっちでなんとでもなる」

「うん！」

どうやらアレンはハンターギルドではちゃんと大事にされているようだ。町の外に泊まっていても、雑用しかできなくて食べるのにかつかつでも、ギルドに入ってきさえすれば仲間だから一人前に育てようという気持ちが感じられた。

薬師ギルドとは大違いだ。だからアレンは薬師ギルドでも落ち着いていられたのかもしれない。

そのアレンが連れてきたから、サラのことも少しは気にかけてくれるのだろう。サラは昨日のアレンとの出会いに感謝した。

「ぐー」

そこにアレンのおなかの音が響いた。

「また昼抜いてんのか。いいか、ハンターはな」

ギルド長は、登録まで時間がかかってもいいから食事はちゃんととれとアレンを叱っている。さっきはさっさと登録料を作れと言っていたのにと、サラはその矛盾にちょっとおかしくなった。ヴィンスにも陰でやれとか言っていたし。

でも、ご飯のことならサラも手伝える。サラはアレンの袖を引っ張った。

「お昼食べる？」

「サラ、お前まだ余分に弁当持ってんのか」

あきれたようにそうは言ったものの、ギルド長の説教が効いたのか、アレンは素直にサラに頷いてみせた。

「ありがとう」

サラがポーチからお弁当を出そうとすると、

「あ！　そうだ！」

とアレンが大きな声を出した。そして何か思いついたのか顔をぱあっと輝かせた。

「俺、サラからご飯を買うことにする。ちょっと登録するのが遅くなるけど、それならサラもお金を稼げるだろ」

「そういえば私、無一文じゃなかった！　一五〇〇ギル持ってた！」

昨日アレンがお弁当代に払ってくれた一五〇〇ギルがポーチに入っていた。

「そうだな！」

どうしようもない、詰んだ状態だと思っていたが、少しずつ頑張ればなんとかなるかもしれない。少なくとも数ヶ月は食事には困らないのだし。サラは明るい気持ちになった。

「そこのテーブルで食べようぜ！」

「うん！」

アレンがサラを連れていったのは、ギルドに併設された食堂の端っこの広いテーブルだった。お昼にはまだ少し早い時間のせいか、そこはすいている。

「大きい魔力持ちは端っこか別室って決まってるんだ。受付も一番手前」

「そうなんだ」

「お前らまだ登録前で、ギルドの食堂を利用する権利はないんだけどな」

ヴィンスが苦笑しながら受付から声をかけてきたが、ギルドはそもそも昼になっても混まないのでみんな大目に見てくれるらしかった。

「お弁当でいい？」

「うん。せっかくだから、しっかり食べるよ」

サラはポーチからお弁当を出した。もともとギルドの弁当箱だが、返却するのも捨てるのも自由らしいので、大丈夫だろう。

「はい、一五〇〇な」

「ありがとう」

サラは両手でお金を受け取った。穴のあいた銀貨が一枚、小さい銀貨が五枚。そしてポーチにしまう。

アレンが蓋を開けると、いい匂いがギルドに広がった。

「これ、昨日のと違うのか？」

「今日のはね、トマトのスープと、しっぽの輪切りの煮込み」

コカトリスのしっぽを輪切りにしたものを煮込んで、骨と皮を丁寧に外してある。いっぺんにたくさんできるから、保存に最適なのだ。

アレンは自分のフォークを出すと早速肉に刺して、大きい口で頬張（ほおば）った。

「うまい！　なんかぷりぷりしてる」

「それ、ネリーも大好きで」

思わずそう口にしていたサラは、ネリーのことを思い出して切なくなった。

ネリーはいったいどこに行ってしまったのだろう。町に来れば何かわかるかと思ったのに。

「姉ちゃんさ、とりあえず町に行けと言ったんだろ」

アレンがもぐもぐしながら、落ち込んだサラに言い聞かせた。それはちょっとお兄ちゃんみたいな言い方で、こんなときでなかったら、サラもこの状況を面白く思えていただろう。

「だったらさ、サラがまず町で暮らせるようにならなきゃな」

「うん」

サラはちょっと情けなくなった。体は一二歳だが、中身は大人なのだ。それなのに一二歳の子に頼り切りなうえ、慰めてまでもらっているなんて。

そんな二人に影がかかった。

二人が顔を上げると、ギルド長がすぐそばに立っていた。

「おい、アレン。昼抜きは駄目だけどなあ」

「はい！　だからお弁当、サラから買った！」

にこっとするアレンの頭がギルド長にがしっとつかまれた。

「ちょっといいもん食いすぎなんじゃねえのか？　なんだよこのホカホカの弁当はよ」

がたっと音がするとカウンターからヴィンスがこちらに歩いてきた。

「ほんとだ。おい、ちょっと味見させろ」

「やだよ！　減る！」

アレンは弁当箱を抱え込んだ。

大人げない。

サラはあきれた目で二人を見てしまったが、ふと思いついて声をかけた。

「あの！」

「「ああ？」」

大人二人が振り返るとちょっと怖い。

でもご飯のことくらいで一生懸命になっているところが、ちょっとかわいい。

「同じお弁当ならまだありますけど」

「「買う」」

サラはポーチからアレンのものと同じ中身の弁当を二つ取り出した。

箱を返すつもりがないようで、二人は三〇〇〇ギルをサラに渡すと、ガタガタとテーブルに座り込んだ。そんな二人を見て、心なしか他の人が距離を取ったような気がした。

ヴィンスは一番手前の受付。ギルド長は長というくらいだからそもそも強い。つまり、二人とも大きい魔力持ちなのだとサラにもわかった。

「なんだこれは……」

蓋を開けたヴィンスが一言つぶやくと、まず肉から食べ始めた。

「コカトリスのテール煮？　はっ、まさかな」

「うめえうめえ」

「ジェイ、あんた」

「ギルド長と呼べよ」

少しは味わって食えとヴィンスに叱られているギルド長を見ながら、サラはちょっと嬉しい気持ちになった。作ったご飯をおいしいおいしいと食べてもらえるのはいいものだ。

さっさと先に食べ終えたアレンが、空（から）の弁当箱をサラに返し、サラはそれをポーチにしまった。

後でまとめて洗って、またいつか弁当を作ろうと思っている。

「よし。俺はこれから雑用を探しに行くけど、サラはどうする」

「私は一回町の外に出たい」

一人で町の中を見て回るのはなんだかためらわれた。それに、やりたいこともある。

アレンはすぐにわかったようだ。

「薬草か？　売れないのに」

「売れないのはわかってるんだけど、収納ポーチもあるし、町の西側も見てみたいの」

「確かに町の外側にも結界はあるから大丈夫なんだけど、普通、町の奴は外に出たがらないぜ」

アレンは心配なようで、サラに付いていくかどうか迷っていたようだが、アレンにも自分の用事もある。サラの好きにさせようと決めたらしい。そう決めたら、ちゃんと情報をくれた。

「中央門から西側に行ってすぐが中央ダンジョンだ。それから町には西門もあって、西門のそばにも西ダンジョンがある。東側より人通りは多いけど、ハンターには荒くれ者も多いから近寄るんじゃないぞ」

「うん」

日暮れ時に中央門の外で。自然に今晩の約束をしてサラとアレンはテーブルから立ち上がった。

さあ、まだ今日は終わらない。

気になる子どもたち

「おい」

ヴィンスはギルド長に話しかけたが、ギルド長はまったく聞いてない。

「うめえうめえ」

いかにもうまそうにがつがつと弁当の中身をかきこんでいるだけだ。

「うめえじゃねえよ。うまいけどよ」

ヴィンスは、何にも考えていなさそうなギルド長にため息をついた。二人は現役の頃からパーティを組んでいる、いわば戦友である。ヴィンスは、実力も人望もあるギルド長を支えて副ギルド長におさまっているが、ギルド長の能天気なところにはいつも苛立っている。

ギルド長は弁当を食べ終えると満足したように顔を上げた。

「ギルド弁当の数倍はうまいな」

「うまいっていう話はもういいんだ」

「あ？」

この間抜けがギルド長だと思うと、またため息が出そうなヴィンスだったが、なんといっても魔力量が多く、ハンターとしては優秀なのだから仕方がない。

「あの子。サラといったか」

「ああ、料理上手だな」

「そうじゃなくて。おかしいとは思わないか」

ヴィンスは真面目に問いかけた。

「……思ってはいたさ」

ギルド長は弁当箱の蓋を律義に閉じた。

「そもそも、魔力量が段違いに多いアレンのそばに平然といただろ」

「嬉しそうだったなアレン」

「そうだな」

魔力量の多いハンターなら、同じく魔力量の多いアレンがどんな子ども時代を送っているのか想像がつく。だから、叔父が亡くなって一人きりになったときも、なんとか自立できるようギルド全体で見守っているのだ。

それに、ローザの町に元からいる住民は皆、素性がはっきりしており、保護者のいない子どもはまずいない。

たまに見かける貧しい子どもは、一獲千金を狙うハンターの子どもだが、そんな実力のないハンターがローザで稼げるわけもなく、すぐにいなくなってしまう。

だから、叔父が亡くなってから二ケ月、一人で頑張っているアレンはよい意味でも悪い意味でも目立ってしまっている。三層の住民から見ると頑張っているまともな子どもだが、一層二層の住民から見ると、町の厄介者ということにもなる。

しかし、魔力量が多ければ優秀なハンターになる可能性が高い。しかも、アレンは肉体強化特化で戦闘力の高いタイプだ。

　そんなアレンが楽しそうに連れてきたのが、保護者のいないというサラだったのだから、ギルドとしては問題をもう一つ抱えて悩ましいといったところだ。

　アレンのように見守るか、排除するか。

「それだけじゃねえ。ヴィンス、アレンだけじゃなく、お前のことも俺のこともまったく気にした様子がない。ハンターですら俺たちを避けることもあるのにな」

「かといって魔力量が多い奴特有の圧があるわけでもない。それに、一文無しと言いながら、収納ポーチに、収納リュックだ」

「リュックもか」

「しかも、ワイバーン三頭分のやつだ、あれは」

　一〇〇〇万ギルは、ハンターでもそうは出せない。

「まあ、ワイバーンをちょいちょい納品していく女神もいるがな」

「ネフェルタリか。無理やり王都に連れていかれたが、ローザの町にとっては迷惑なこったぜ」

「まったくだ。まさか状態異常にしてまで王都に連れていくとは思わなかった」

「渡りの竜の相手なんざ、身体強化特化のネフェルタリより魔法師のほうがよっぽど役に立つだろうに。毎年のことなんだから、王都だけで対策しろっての」

　身体強化しても人がジャンプできる高さなど限度がある。魔法師に竜を落とさせて、そこで剣士に叩かせるのが一番効率が良いのだが。

「王都には招かれ人も何人もいるだろうし、むしろこっちに人を送ってきてほしいっていつも言ってるんだがな」

「娯楽の少ないローザに来るハンターは少ない、けど魔石と素材は収めてほしいって、わがままにもほどがある」

中年二人が額を突き合わせてため息をついている様子などうっとうしい以外の何物でもなかった。

「それもだが、薬師ギルドだよ、問題は」

「クリスがいねえときに限ってよ、まったく」

薬草の買い取りだけなら、手数料分は引くがハンターギルドでもできる。また、基本的には狩ったり採ったりした獲物は本人以外は売れないことになっているが、見えないところで本人同士が納得し、代理で売ったとしてもとがめることはできない。

ただ、薬草類については、年寄りや子ども、女性でも採取できるので、ギルドに登録していなくても、薬師ギルドでは公平に買い取りをすることになっている。

その薬師ギルドの公平性がなくなっているかもなどと考えるのも面倒だが、ローザではそれがありうるから頭が痛いのだ。

特に、テッドのように、ローザの町に元から住んでいる者は特権意識があるから厄介だ。まして、町の権力者の息子だから文句も言いにくい。

抗議したところで、厄介な子どもを追い出せと言われるのが関の山だろう。

「クリスが来てからだいぶましになったが、生まれながらの意識はなかなか変えられないからな」

ヴィンスのぼやきに、ギルド長も同意した。

「そもそもローザで薬師ギルドに薬草を持ち込む奴はあんまりいねえからな。クリスが出かけた途端にもともとの特権意識が表に出てきやがった」

「ここの奴らはもともと作るの専門で、買い取りの意義を軽視してしまってるところあるからなあ」

もう少し様子を見るしかない。

薬草をちゃんと買い取りしてもらえないのは誤算だった。

サラはローザの町の中央門をうつむいてとぼとぼと通り抜けた。来るときは希望に満ちて上を向いていたのに、残念なことだ。

もっとも、サラは薬草のことに関しては落ち込んでいない。いや、実は五ヶ月分くらいはある。サラは生きるというだけなら、食料は三ヶ月分以上ある。

小屋にはネリーと二人、三ヶ月分しかストックしていなかったが、個人のポーチにもいろいろためてあるのだ。

なぜかって？　そこに袋があれば、物を入れる。それだけである。しかし、料理をしてためておくという楽しみがここで役立つことになるとは思わなかった。

もし薬草が売れないのであれば、アレンのように、町の雑用をしながらお金をゆっくりためていけばいい。食料がなくなる五ヶ月の間に、ギルドの登録料をためればいいだけのことだ。住むところは町の外でも大丈夫。五日間の野宿はサラを強くしてくれた。それに結界箱があるし、バリアだってある。

落ち込んでいるのは、ネリーの行方がわからなかったからだ。

サラだって、何かがおかしかったことはわかってはいたのだ。

なぜネリーが子どもや女物の服を買ってきてくれなかったか。

なぜ、一度にたくさんの食料を仕入れてくれなかったのか。

それは、サラの存在を秘密にしておきたかったからに違いない。

なぜ秘密にしたかったのかはわからない。サラが招かれ人だからなのか、それともネリーが特殊な人材だからなのか。

強いとはいえ、女性一人を魔物のあふれる山に一人きりで管理人としておくなんて、どう考えても普通ではなかった。

でも、聞けなかった。聞いたら今の幸せな生活が終わってしまいそうだったから。

おそらく、サラの知っているネリーは、町の人に対しては違う顔なのだと思う。

しかし、そこを追及する前に、まず自分が生き延びなければならない。

さあ、気持ちを切り替えよう。

強くならなければ、小屋を一歩も出られなかった、魔物のいるこの世界。

そんな世界で、人のいる町に来たら途端に楽になるなんて、そんな夢のような話などなくて当たり前だったのだ。

サラは顔を上げて足を速めた。

中央門は町の真南に位置する。サラは門を出ると、まず右手、つまり西側に向かった。結界から出ないよう、西門まで続いていると思われる街道をてくてくと歩いていく。

西側も東側と同じように、門のすぐ横から小さな町のようになっている。違うのは、門からまっすぐ南に続く街道沿いに、平屋の大きな建物が建っているくらいだ。そこが中央ダンジョンの入り口か受付なのだろう。

壁沿いに目をやれば、テントを張ったような簡易な屋台が並び、食べ物や雑貨を売っている。のぞいてみたいが、今はお金が少ししかないから、諦めるしかない。

そこを通り過ぎると、今度は普通の家がぽつりぽつりと立っている。

「壁はダンジョンから魔物があふれたときのためにあるはずなのに、こんなところに家を建てて大丈夫なのかな」

サラは不思議に思う。そこを通り過ぎると、あとはやはり東側と同じように、壁と草原が続くだけである。

となれば、やることは決まっている。薬草を探してみよう。

サラはすっとその場にしゃがみこんだ。目線が低いほうが薬草が見つけやすい。

右にも、左にも。東側と同じように、薬草は群れて生えていた。

割と簡単に見つけられるはずなのに、なぜ町の人は探しに来ないのだろう。いいお小遣い稼ぎになるし、確かアレンは薬草が不足していると言っていたように思うのだが。

せっかく採っても自分には売るのは無理そうだけれども、とサラは考えた。アレンなら、これを採って売ることができるだろう。

「こっちにも薬草があったよって教えてあげよう」

それに、もし身分証が手に入って、ネリーと町で暮らせるようになったら、その時に役に立つかもしれないから。

サラはそのまま西門までてくてくと歩いた。

西門の近くと思われるところに来ると、やはりまず小さな家が立ち並び、その後に中央門より小規模な屋台村があり、そしてダンジョンの受付と思われる建物があった。

「中央門からは東門とだいたいおんなじ距離だ。あ、いっけない。早く中央門まで戻らないと、日が暮れちゃう！」

サラは急ぎ足で中央門まで向かった。中央門までたどり着いたのは、日暮れぎりぎりの時間だった。

「遅いよサラ！　待ちくたびれたぜ」

門の横でアレンが手を振っている。

「ごめんごめん。西門まで行ってたら遅くなっちゃった」

その声を聴いた門番が一瞬サラのほうを見た。

「西門？　あの時間から往復できたのか。サラ、意外と体力あるな」

「そう？　だいぶ体力ついたかなあ」

最初はたった一時間歩くだけで足が痛くなっていたことを思うと、体力がついたものだとサラは笑顔になった。

それにほんのちょっと身体強化を使った。

疲れるから長時間は使えないが、下半身に身体強化を使うとかなり足が速くなるのだ。

ネリーはそれでローザの町まで一日で行けるのだと言っていた。

「おれ、今日も外で休むけど、サラはどうする？」

アレンとは昨日初めて会ったのだが、ずいぶん信用されたものだ。

しかし、サラもアレンのことをまったく疑ってはいなかったから、お互い様だ。

「どうするも何も、夜は町に入れないいんだよね」

「そうじゃなくて、外のどこで休むかって話」

そういうことか。

「俺、昨日はちょっとふらふら東のほうまで行っちゃったけど、普段はもう少し中央門寄りで野宿してるんだ」

「あの、家のあるあたり？」

「そう。暗黙の了解でさ、魔力量が多くて町の中にいづらい奴らが住むところ。その端っこで休んでた。魔力量が多いってことは、強いってことでもあるから、そんなに犯罪も起きないんだ」

ネリーもなんだかそんなことを言っていたが、魔力量が多いとそんなに周りに溶け込めないものなのか。サラはまったく何も感じないのでやっぱりよくわからない。

「そこに行ってみたい。昨日のところでもいいけど、ちょっと中央門まで遠すぎるから」

「よし！」

なぜかアレンは嬉しそうに頷いた。

「それからさ、サラのご飯、俺、毎食は買えないからさ。夕ご飯は安い屋台で買っていってもいいか」

「うん！　私も買い物に行ってみたい」

本当は一人では屋台を見るのが怖かったので、正直すごく嬉しいサラである。

日は暮れようとしているのに、門の外の屋台はダンジョン帰りのハンターと思われる人たちでけっこう混んでいた。

「節約してるときは、パンだけなんだけど、パンもいろいろあって、あとはあっちが串焼き」

「串焼き？」

「オークだったり、ツノウサギだったりだな」

「ツノウサギ」

それなら袋に山ほど入っている。

「そっちがスープを売っているところ、あっちは飲み物だなあ」

サラが考えていたようなお祭りの屋台ではなく、市場の屋台だ。働いている人が気軽に買って帰れる場所だ。

遅い時間までやっているようなので、アレンと二人でゆっくり見て回る。

よくネリーが買ってきてくれた黒パン一つ二〇〇ギル。節約しているときはそれ一つなんだとアレンが普通の顔で言う。柔らかいパンは三〇〇ギル。

柔らかいパンも、お菓子のようなパンも売っているじゃないとサラはあきれた。ネリーは黒パンしか買ってこなかったから、黒パンしかないのかと思っていた。

串焼きはオークが一本五〇〇ギル。ツノウサギが一〇〇〇ギル。

これだって、買ってきて収納袋に入れておくだけでよかったのに、サラは見たことがなかった。

「わざわざ平原で狩りをする奴はいないから、ツノウサギのほうが希少なんだよ。うまいし」

「へ、へえ」

狩りをしなくても勝手に獲れたのだが。

スープが五〇〇ギル、黒パンに野菜とほんの少しの肉を挟んだものが三〇〇ギル。

お金の単位がよくわからないサラには、それが高いのか安いのかわからなかった。それでも、黒パン一つ二〇〇ギルというのは高いような気がした。つまり、日本で言うと、具の入っていないおむすびが二〇〇円という換算だ。単純にギルは円の二倍の価値と考えればいいのだろうか。

「ローザの町は壁で囲まれてるだろ。人が住むのに精一杯で、野菜を育てたりする場所がないんだ。食べられるものはダンジョン産以外はほとんど南から持ってくるんだ。それで物価は高い。ただ、高くても、ダンジョンに入る力のある奴にはたいしたことない額なんだよ」

結局、すべてそこに行きつくのである。そして、ローザ以外なら物価はもう少し安いこともわかった。

「じゃあ、ギルドのお弁当一五〇〇ギルは適正なんだね」

「肉がたっぷりだしな。パンの分だけ安いくらいじゃないかな。で、サラ、何にする？」

「あの、お砂糖をかけてあるパン」

ネリーはあまり甘いものは買ってきてくれなかったのだ。お砂糖を買ってきてはくれたから、自作のおやつはあるが、店のものも食べてみたかった。

サラは味のついていないパンより小ぶりなそれを、アレンはサンドパンを、それぞれ三〇〇ギルで買った。

異世界で初めての買い物である。

「ちょっと奮発したな」

「うん！」

それからてくてくと東側に向かう。こちら側でも壁際にぽつぽつと立っている家があり、朝は見なかったテントが見えた。

「テントが張ってあるよ」

「ああ。新しく来たばかりのハンターたちだよ」

ハンターと思われるネリーみたいな格好をした人たちは、さっき屋台の周りでたくさん見た。

「宿には泊まらないの？」

確かハンターは稼げると言っていたはずだ。

アレンは、テントのほうを見るとちょっと声を小さくした。

「稼ぎに来たものの、思ったより稼げない奴らもいる。ローザは宿も高いからね」

つまり、テント暮らしをしているハンターはあまり腕がよくないということなのだろう。

テントのあるところを通り過ぎると、やがて何もないところへ出た。

「サラがいたところはもっと向こう。ここが俺がいつも休んでるとこ。ここでいい？」

「うん」

後ろを振り返れば、かすかに家の明かりが見えるところだ。テントも見える。人気がなく寂しいと言えば寂しいが、テントのないサラには、誰かに寝顔を見られることのほうが抵抗があるので、これはこれでいい。

サラが結界箱を配置する横で、アレンは小さなテントを収納袋から出して張っている。

「テント、やっぱり使うんだね……」

「いちおう、着替えとかあるからな」

「だよね」

サラは遠い目をした。女二人では着替えの時あまり気にしたことはなかったし、そもそも一日で町に着くネリーには、途中で着替えをする必要はなかったのだろう。だからテントはいらないと、そう言ったのだ。

「あの、アレン」

「なんだ？」

「あの、着替えと、体を拭くのに、テント貸してくれない？」

「あ、ああ。もちろんいいよ」

実はサラは六日ほどお風呂にも入っていないし、着替えもしていなかった。サラは荷物から桶を出すと魔法でお湯を入れ、着替えを揃えてテントを借りた。

「アレンと知り合ってほんとによかった」

「泣くようなことかよ」

「うう、だって」

満足とは言わないが、体はすっきりした。ついでだからと髪はテントの外で洗った。

面白そうな顔をして見ていたアレンの髪も洗わせた。

「はあ、さっぱりした」

「まあな」

温風の魔法で髪をさっと乾かしてあげると、アレンは自分の体も気になったようでサラから桶を借りてお湯を入れてもらい、体もきれいにしていた。

それなのに、月明かりでお互いを見ても、サラの黒色の髪は黒色のままだし、アレンの砂色の髪も砂色のままだった。

「ぷっ」

「ははっ」

　結局は、どんなにきれいにしても一二歳の半人前の家なしなのだ、自分たちは。それでも、一人じゃないのがなんだかとても心強かった。

「なあ、サラって魔法師か？」

「どうだろ。魔法は本を見て勉強したけど、別にハンターになろうとは思ってないしね」

「でも、さっきのお湯の魔法も、髪を乾かした魔法も、俺、初めて見たよ」

　確かにネリーの髪を乾かしてあげたときも感心していたなとサラは思い出した。

「ネリーとね、一緒に暮らす前は、割と便利なところで暮らしてたの」

「魔道具がいっぱいってことか？」

「そんな感じ。温かくするだけじゃなく、氷を作る道具もあったよ」

「そんなの聞いたことない。お前、やっぱりお坊ちゃまだろ」

　たぶん、今の話は、自分のことを没落した貴族か、親が亡くなって貧乏になった子どもと思わせただろうと思うと、サラは苦笑するしかなかった。

「でも、前がどうだろうと、今は生き抜くしかないんだもの」

「そうだな。大事なのは今だな」

　二人は力強く頷きあった。

　前はどうであろうと、今は同志のようなもの。そんな気持ちだった。

「おやすみ」

「おやすみ」

そんな半人前が見上げる夜空は、やっぱり魔の山と同じだったような気がする。

「売れなくてもさ、収納しておけるんだから、薬草採っとこうぜ」

「うん」

次の日、パンだけの朝食をとると、サラは普通に、アレンは薬草一覧を見ながら薬草を採った。

それから二人は薬草を握りしめて、いや、本当は収納袋に大切にしまって、中央門に走っていった。今日は口を開けたりはしていない。

そしてそのままハンターギルドまで一気に走った。

「私もなにか雑用を探そう！」

アレンによると、ハンターギルドは登録年齢未満の子どもにも雑用はあっせんしてくれるというのだ。

「ただ、報酬はやっすいんだよな」

「アレンでも二ヶ月かかったんだもんね」

「うん」

それでも、やるしかない。

サラはアレンの先に立ってハンターギルドのドアを開けた。

「よう、サラ、だっけか？」

「はい！　えと、ヴィンス？」

正解だというように受付のヴィンスが頷いた。

「ヴィンス！　今日は俺もサラも、何か雑用がないかと思って来たんだ」

「アレンはいつもの配達の雑用でいいな」

「ああ」

「サラはお前、ちょっとこっちに来い」

「はい？」

アレンがサラと一緒に来ようとして止められた。

「お前は雑用行ってこい。サラは大丈夫だから」

アレンは心配そうに振り向き振り向き出ていった。

ヴィンスはため息をついてやれやれと肩をすくめると、ギルドの食堂の椅子にサラを座らせた。

「さて、サラ。昨日の弁当はうまかった」

それはよかった。サラはにっこりと笑った。

「正直、あれがたくさんあるならあれを売れば元を取れる味だった」

それならとサラが弁当を出そうとしたら慌てて止められた。

「たくさんあるんだな」

サラは頷いた。ヴィンスはしかし、困ったように首を振った。

「正直毎日でも俺が買いたいくらいだ。しかし、そうするとハンターの目につくだろ、そして食わせろって言われるだろ、そしてギルドの弁当が売れなくなって、ハンターたちがあの弁当を常に売れとうるさくなるのは目に見えている。だから少なくともギルドで売るのはなしだ」

そういうものだろうか。わざわざここでそんな要求をしなくても、昨日見た屋台には、おいしいものはたくさん売られていたような気がするが。

「屋台も許可制だから、外でも売れない。アレンや俺たちに個人的にごちそうして、気持ちとしてお礼を受け取るという形ならできるがな」

結局は身分証がないとどうしようもないということになるのだ。やっぱり世知辛いなとサラは心の中でため息をついた。

「だが、仕事は紹介してやれる。まあ、ちょうど食堂で人手が欲しいところだったんだ。料理に興味があるなら食堂の手伝いはどうだ」

「私は助かりますが、仕事があるならまずアレンに紹介したらどうですか」

アレンから条件のよい仕事を取り上げることになるのはサラは嫌だった。

「あいつは大雑把で、細かい仕事が苦手だから無理なんだ。それに、厨房のような狭いところでは魔力量がそのまま他の人への圧になるからなあ。だからアレンは主に二層と三層で配達の仕事を手伝ってる」

雑用ってそういうことだったのとサラは納得した。

「毎日この時間に来て、食堂の下ごしらえを手伝って、ランチの時間が終わるまで。それで一日三〇〇〇ギル払う」

「毎日働いたら、一ヶ月と少しで登録料になるんだ」

サラの場合、食費がいらないのは大きい。外での暮らしも、雨を心配しなくていいのはありがたかった。思ったよりよい条件である。

「計算早いな、おい」

ヴィンスは驚いたようにのけぞった。

「計算ができるなら、その後、ギルドの売店の手伝いとかもできるぞ」

「そこまで体力があるかどうか、自信がありません」

町に来るのに五日かかったくらいだもの、とサラはうつむいた。

「まあ、食堂の手伝いをやってみるこった。どうやら昨日より小ぎれいになっているようだし、今日から働いていくか」

「はい！」

薬草が売れなくても、なんとかなりそうだと胸をなでおろしたサラは、そのままヴィンスに厨房まで連れていかれた。

そしてサラは今、腕組みをしたマッチョに向き合っている。ギルドの食堂の料理長だそうだ。名前はマイズ。ヴィンスと同じくらいかもう少し上の世代だろうか。だいぶ寂しくなった頭を潔くきれいに剃（そ）りあげている。

しばらくサラを眺めていたマイズは、やっと口を開いた。

「お前……せめてちょうどいいサイズの服はねえのか」

何かと思ったら、着るものを見られていたとは。しかし、サラの服はネリーの見立てである。つまり、残念ながら、

「持ってる服、全部このサイズです」

なのである。

「登録料稼ぐんなら、服に金を使ってる場合じゃねえか」

マイズは諦めたようだ。

「いいか。厨房では服がぶかぶかしてるとあぶねえんだよ。きちんと袖と裾をまくり上げて、シャツはズボンの中。ベルトはしっかりと締めて」

「はい！」

「じゃあ、芋剝(む)きからだな」

食堂といえば芋剝きである。サラは張り切った。

芋を剝きながら、皿がたまれば皿を洗う。お昼の時間になっても食堂はさほど混まず、サラは自分が何のために雇われたのかちょっと疑問に思うほどだった。

「よし、今日はここまで」

久しぶりの水仕事は、歩くのとはまた違う筋肉を使う。それでも日本にいた頃のようなしつこいだるさはなく、ただ仕事をした疲れが残るだけということにサラは感謝した。

「お前、思ったより使えるな」

小屋でも料理をしていたことが役に立ったようでサラは嬉しかった。

「この食堂が一番混むのは夜なんだ。ダンジョンから帰ってきたハンターたちがここで夕食を食べていくからな」

「それでお昼はそんなに混まないんですね」

「ああ。だからサラの仕事は、主に夕食の食材の下準備だな。登録が済んで町に住めるようになれば、夕食の手伝いもお願いしたいところだが、まずは昼だけだな」

そう言って、直接給料を手渡してくれた。日払いのようで、ありがたい。穴のあいた銀貨三枚だ。お弁当を売ったお金も自分で稼いだものだと言えるかもしれない。しかし、お弁当の材料はネリー持ちだった。だからこの三枚の銀貨は、この世界で初めてもらう労働報酬ということになる。

サラはその銀貨をギュッと握りしめた。

「よう、無事に食堂は務まったか。じゃ、次は売店なー」

「え？」

ヴィンスがひょいと厨房に顔を出すと、今度は売店に連れていかれた。まだやるとは言っていないのだが。

「昼の暇な時間は受付が売店を兼ねるんだが、面倒なんだよ」

サラが驚いて受付の人たちを見ると、みんなうんざりという顔で頷いた。

「五時からは専任の人が入るからさ。あと三時間くらい、ぼーっと座ってたら、それで一〇〇〇ギル。どうだ」

一〇時から二時までが食堂。お昼はまかないで出してくれる。二時から五時までは売店。悪くはない。しかし、困ったことがある。サラにはお金の知識がない。

「あの、お金を見せてもらえませんか」

「金？　ここの箱だが」

ヴィンスは食堂のそばにあるこぢんまりとした売店の、カウンターの下にある箱を開けて見せてくれた。

「ああ、最初に言っておくな。テッドが三層がどうとか言ってたらしいが、住むところがあってもなくても、ローザでは犯罪はめったに起きない」

「そうなんですか」

サラはなぜヴィンスがこんな話を始めたのかと首を傾げた。

「ローザの町の周りは魔物が強いし、それに比例してハンターも強い。犯罪を起こしたとしても、逃げ切れないいんだよ」

「はい。あ」

つまり、お金をくすねたりするなよと、ヴィンスは言っているのだ。そういうふうに言われるのは癪(しゃく)だが、仕方がない。それでも仕事をくれようとしてるのだから、ありがたいと思わなくちゃ。

「わかりました。ところで、ちょっと聞きたいんですけど」

「なんだ」

「穴のあいた銀貨が一〇〇〇ギル。小さい銀貨が一〇〇ギル。あとはなんでしょう」

「は？」

「あの、お金はその二種類しか見たことなくて」

大変恥ずかしいのだが、サラは昨日初めてこの世界のお金を見たのだった。

「ああ、うん。そうか。もっと小さい硬貨もあるんだが、銀貨しか見たことないと。そんな奴いるかよ」

ヴィンスは自分に言い聞かせるようにつぶやくと、受付のほうをちょっとうつろな顔で眺めた。

「うん。まだ子どもだし、金を扱ったことのない奴もいるはずだ」

何かを一人で納得すると、サラのほうを見て安心させるように笑いかけた。いかついから怖いだけだけれども。

「よし、大丈夫だ。あと四つ覚えればいいだけだからな」

「はい！」

「この銅貨が一〇ギル。この四角い銅貨が一ギル。けど、一ギルはほとんど使われない」

「丸い銅貨が一〇ギル、四角い銅貨が一ギル」

「それでこの四角い銀貨が一万ギル。大きくて丸い銀貨が一〇万ギル」

「小さい銀貨一〇〇ギル、穴の開いた銀貨一〇〇〇ギル、四角い銀貨一万ギル、大きい銀貨一〇万ギル」

六種類だけなので大丈夫だ。サラはにこっとした。

「もう覚えたのか」

「はい」

「そ、そうか。まあいい。この売店で売っているのは、ポーション、上級ポーション、解毒薬、解麻痺(まひ)薬、魔力薬、上魔力薬。それと弁当だな」

カウンターの後ろの棚に、各薬の瓶が雑然と並び、そして箱が一つ置いてある。

「これは？」

「収納箱だ」

「これが収納箱！　初めて見た！」

サラの目がきらめいた。ネリーといつか買おうと約束していたものだ。大きめの段ボール箱くらいの大きさだ。

「まあ、収納箱を初めて見る奴もいる。そこそこ高いものだしな。うん。俺は突っ込まねえぞ」

ヴィンスはまた受付のほうをうつろな目で見てぶつぶつ言っている。

「この収納箱の中に弁当が入ってる。まあ、三種類だけだし、値段は一律三〇〇〇ギル。弁当箱を返却に来たら一五〇〇ギル返してくれ。返却された弁当箱も、収納箱に戻す」

「はい」

「あとはわからないところがあったら聞いてくれ」

「掃除道具と、それからできれば書くものはありますか？」

ヴィンスはまた遠くを見た。

「書くものがなんで必要なんだ。いや、いい。確か、メモとペンはカウンターの内側に」

サラは内側をさっと見た。確かにある。

「掃除道具は……」

「こっちですよ」

見かねたらしい他のギルドの受付が場所を教えてくれた。ヴィンスは掃除はしないようだ。桶と、カウンターを拭くための雑巾があればいいので、それだけ確保した。

「じゃあ、わからないことがあったら聞けよ」

「はい」

とりあえず昼のギルドは暇で、買い物をするハンターもいなかったので、まずはお金の整理から始める。

乱雑に混じっている硬貨を、種類順に並べ直す。そして箱に残っている残金を確認する。

「収納ポーチに入れたら並べ直さなくていいんだけど、なんでそうしないのかな」

たくさんの人が扱うからだろうか。収納袋が高いからだろうか。そんな疑問を持ちつつ、メモを手に取る。

「ポーションが二〇〇〇ギル、上級ポーションが一万、解毒薬が五〇〇〇、解麻痺薬も五〇〇〇、魔力薬が一万、上魔力薬が一〇万。高いなあ」

手のひらに収まる小さな薬剤の瓶を眺め、サラはため息をついた。それでも、頭痛や腹痛が、お弁当より少しだけ高い値段で治るのならそう高くもないのかもと思い直した。

そして自分がポーションだと思って持ち歩いていたのは、上級ポーションだと知った。そういえば、ネリーも上級ポーションだと言っていたかもしれない。

「ネリー、ちゃんとしゃべろうよ……」

サラのことがかわいくて黙って最上級品を持たせたに決まっている。それはありがたいのだが、ちゃんと言っておいてほしかった。うっかり出して、またヴィンスにうつろな目をされるところだった。

「もしかして、上級ポーションも売れるのかな。でも出さないほうがいいよね」

いろいろ持っているのにどれも使えないのが悔しい。

とりあえず桶にお湯を出し、雑巾を絞ってカウンターを拭き、瓶を出して棚を拭き、最後にほこりをかぶった瓶を乾拭きする。乱雑に置いてある瓶は左側に寄せる。数を確認する。

右側に新しいのを補充すれば、古い在庫は残らないという基本である。

サラは満足して掃除道具を片付けた。これで店を預かる準備はできた。

それを暇な時間の受付があんぐりと口を開けて見ているのに気づかないままである。

そうこうしているうちに、最初のお客が来た。ハンターのようだ。受付に行こうとして、売店にサラがいるのに気づき、サラのほうにやってきた。

「よう、ポーション五個」

サラは棚からポーションを五個出してカウンターに置いた。

「はい、一万ギルになります」

「おう。それと弁当の返却が三つで、新しいの三つくれや」

男はポーチから、空の弁当箱を出してカウンターに置く。

「合わせて一万四五〇〇ギルになります。お弁当の種類はどうしますか」

「全部違うやつな。ほら、一万と五〇〇〇」

「はーい。おつりが小さい銀貨五枚っと。あとお弁当三つ、はい」

「ありがとな」

思ったよりスムーズに済んだ。

その男は、そのまま受付に行き、何か話すとカウンターにどさどさと魔物を出した。受付はそれを査定し、お金を払うという仕組みのようだ。

話をして別室に案内されているのは、魔物が大きいか量が多い人。ぽつぽつと客が来るのを見ていると、そんなことがわかってくる。

やがてギルドがダンジョン帰りのハンターで少しにぎわい始めた頃、売店担当のおじいさんがやってきた。にこやかで気がよさそうな人である。

「お、手伝いが入ったのかい」

「サラといいます。二時から五時くらいまでのお手伝いですが」

「モッズと呼んでくれ。もう少し長く働いてくれてもいいんだがなあ。なんなら俺の代わりに」

サラは苦笑いした。老後の道楽か、あるいは知り合いに頼まれて仕方なくやっているという感じである。

「身分証がまだないから、夕方からはちょっと働けないんです」

「珍しいね。アレンと同じで、ローザに身内がいないのかい」

サラはここで初めて、ローザに身内がいなくて身分証がない子どもが珍しいのだと知った。保護者がいれば、身分証がなくて何も問題はないのだ。

確かに、昨日と今日しか町には来ていないけれど、アレンとサラ以外にうろうろしている子どもを見たことはなかった。

「サラ！」

「アレン」

サラはギルドに顔を出したアレンに返事をすると、お金の引き継ぎだけちゃんとして、ヴィンスのところに行った。売店のお給料も日払いなのである。

「ほい、一〇〇〇ギル」

「ありがとう」

先はまだ長いけれど、一ヶ月頑張ればとりあえず身分証が作れる。ローザの町も案外悪くないとサラは思った。

「サラ、手伝いどうだった？」

「うん。食堂と売店合わせて、一日で四〇〇〇ギル稼げたよ」

何の力もない一二歳が一日でこれだけもらえたのは運がいい。ハンターギルドは思ったより親切なところだった。

「俺も魔力が少なかったら接客できるんだけどな。仕方ないから、外仕事しかないんだ」

「そうなんだ」

魔力が多いと本当に大変のようだ。ヴィンスもそんなようなことを言っていたではないか。

「けど、なんか変なんだ。昨日まで配達を頼んでくれたところに手伝いはいらないって言われてさ。普段なら二〇〇〇か三〇〇〇は稼げるんだけど、今日は一〇〇〇だった。あとたった一万九〇〇〇なのになあ」

「どうしたんだろうね」

「もしこのまま仕事がなかったら、ヴィンスに他の仕事がないか頼んでみるよ」

サラとアレンは、そんな話をしながら二人で中央門を抜けた。

「でも、ギルドに登録したとしても、町に泊まるのにはお金がかかるよね」

「うん。ギルドの一番安い宿屋でも五〇〇〇。町の宿に泊まろうとすると、一万はかかる」

「ギルドに登録したからって、いきなりそんなに稼げるの？」

「稼げると思う。スライム一体だって、倒せば魔石は一〇〇〇ギルするんだ。もっとも、しばらくは町の外で野宿のつもりだけどな。そうしてちゃんとお金をためて、家族でも一人一人がちゃんと管理するんだ。そうしないと」

アレンがへにょりと眉を下げた。

「いざというとき何にもできないんだ」

叔父さんのことを思い出しているのだろう。稼げば稼いだで、そのお金を利用しようとする人は出てくる。叔父さんはそれで利用されてしまったとも言える。結局は本人次第なのだが、アレンがしっかり稼ごうと思っているのはよいことだとサラは思う。

それに、サラだって人ごとではない。自分の財産をうっかりネリーに預けていた結果が無一文という現状なのだから。

「それにさ、俺、ギルドに登録できたら、サラの薬草を代わりに売るからさ」

「それはいいよ。ネリーも基本は駄目だって言ってたもん。それに、割のいい手伝いを紹介してもらえたし」

サラは首を横に振った。

「着替えと体を拭くのにアレンがテントを貸してくれたら、それでなんとかなると思う。でも、自分のテントは欲しいなあ」

「貸すのは全然かまわないけどさ。王都なら中古で安くテントを売ってたけどなあ。ローザではそんなふうにお店を見ている暇はなかったから、わからないや。明日配達の合間に見てみるか」

「いいよいいよ。食べ物があるからまだましだもん」

サラはポーチをポンと叩いた。

「その袋にどれだけ入ってるんだよ」

五ヶ月分とはなんとなく言えなかった。

そして次の日の朝も二人は薬草を摘んだ。

「別に秘密にしていないのに、他の人が薬草を採りに来た気配はないねえ。もっとも、範囲も広いけどね」

「俺らはこうして壁の外で寝泊まりしてるから気づかないけど、町住みの奴らは壁の外に出てくるのが怖いんだよ。特に第二層と第一層の奴らはさ」

「結界があるのに？」

「結界があっても、強い魔物には意味がないってこと」

強い魔物と言われてもサラにはぴんとこない。

「私の結界箱は、ワイバーンもはじくけど、ワイバーンより強い魔物ってなに？」

「ワイバーンをはじくやつか。お前、貧相なのに持ってるものは一流品だよな」

アレンもたいがい失礼である。

「昔ローザの壁が崩されたのは、タイリクリクガメの集団移動に巻き込まれたとき、それから何かのドラゴンを怒らせたときって聞いたけどなあ」

「それ、そこの草原にいる？」

「たぶんいない。しかも、しばらく出たことがないと思う」

じゃあ心配ないのではないか。

「でも、怖いものは怖いんだよ。誰もがハンターを目指すわけじゃないし、たいていの人は、町の中だけで一生が終わるんだ。ほら、見てみなよ」

アレンは町の結界に体を向けた。

結界の向こう側には、遠くにモフモフした羊の群れが見え、手前にはツノウサギが跳ねている。

平和な光景だ。

「あ、町の結界にぶつかった」

ツノウサギはどうやら結界の中にいるサラたちを狙ったらしい。やっぱり平和ではなかった。

「な？　街道を通ったら、あんなのをもっと間近で見ることになるんだ。結界があるってわかってても怖いんだよ」

確かに怖いかもしれない。実際、魔の山からローザまでは、街道の結界は実質役には立っていなかったし。

サラは収納リュックに入っているウサギを思い浮かべた。何十羽入っているかわからない。実はウサギは結構大きくて、サラの体の半分くらいあるのだ。

「身体強化ができれば問題ないけど、身体強化もずっと維持しているのは大変だからね」

それはネリーも言っていた。でも、それならたった一二歳のアレンは怖くないのだろうか。

「アレンはどうなの？」

「俺は問題ない。ダンジョンに入れない分、身体強化については、こういう草原で叔父さんにさんざん修行させられたから。今だってツノウサギは何羽か持ってる。売れないだけで」

「アレンさ、叔父さんに言われなかった？　身体強化ができたか。じゃあ、草原に行くぞ、って」

サラはネリーの言葉を思い出して思わずつぶやいていた。

「サラ、お前、なんで叔父さんの言ったことがわかったんだ？」

「うちのネリーもそうだったから」

だからといって、オオカミにかじらせてみようとまで言われたとは言えないサラは遠い目をし、それを見たアレンも何かを悟った目をした。

「でもアレン。叔父さんは魔法師だったんでしょ？　なんでアレンは身体強化が得意なの？」

「ああ。向き不向きの問題だよ」

アレンによると、体を強化するという感覚は、勉強では得るのは難しく、生まれつきの才能によるところが大きいのだという。

「なるほど」

アレンの説明はわかりやすい。ツノウサギを跳ね返すほどに身体強化が得意なら、アレンがダンジョンに入っても大丈夫かもしれない。ネリーは全身が鈍器のようなものだと言っていたし。

サラはちょっと安心した。そしてぐっと手を握って気合を入れた。

「さあ、今日も頑張るぞ！」

「おう！」

それからハンターギルドの前でアレンと別れた。

「ちょっと早く行って、昨日の分を取り返すよう頑張るよ」

「いってらっしゃい」

走っていくアレンに手を振ると、サラはギルドに入った。

「おはようございます」

「よーう、サラ。アレンは？」

相変わらず一番端っこのカウンターで退屈そうに座るヴィンスが、サラの後ろをちらりと見てアレンの行く先を聞いた。他のカウンターの人たちも挨拶してくれて、サラはそれだけで癒（いや）される気がした。

「そこで別れました。早く仕事に行きたいからって」

「そうか。今日もよろしくな」

「はい！」

袖をまくり直して、食堂に行く。

「おはようございます！」

「おう！　シャツの裾はズボンに入れろ！　ベルトを締め直せ！」

「はい！」

マイズの掛け声とともに芋剥きが始まった今日で、ローザに着いてからもう四日経っていた。

食堂の手伝いが済み、三〇〇〇ギルをもらうと、サラは今日もギルドの売店に立った。

「まず在庫のチェック、と。ん？　ポーション類が補充されてないけど、足りるのかな」

気にはなるが、サラの仕事ではない。瓶だけきちんと左に寄せ直す。

「箱のお金は、と。ぜんぶぐちゃぐちゃではないから、昨日よりはまし、と」

さっと硬貨を並べ直す。

「お弁当は、と。これも補充されてないけど、まだたくさんあるからいいか」

まだお客がいないので、サラはヴィンスのところにとことこと質問に行った。

「ヴィンス、ポーションの残りが少ないんですが」

「ああ？　今日の夕方には納品されるとは思うが」

「薬師ギルドにはポーションの瓶は並んでましたけどね」

サラはカウンターの後ろに並んでいたポーションの瓶を思い出してそう言った。

「あいつら……。納品できるポーションはそれほどないって言ってたくせに。どうせ薬師ギルドに直接買いに行く奴なんてそんなにいないだろ」

「確かにお客さんはいなくて、暇そうにしてましたね。私とアレンは今日も薬草を採ってきましたけど」

サラは今日取ったばかりの魔力草をポーチから出して見せた。

ガタンと椅子を倒して、暇そうにしていた向こう側の受付の人が立ち上がった。

「あなたそれ、魔力草じゃない！　しかも新鮮採れたての」

「でも、薬師ギルドでは、きっと買い叩かれると思うから、しばらく売らないんです」

「なら、こっちのギルドで売って！　正規の二割引きになっちゃうけど」

「ミーナさあ、こいつ、金がなくてギルドに登録できねえんだよ」

「薬草を売ってお金を、あ」

振り出しに戻るのである。

「売るものはいろいろあるんですけど、登録できないのは痛かったな」

サラは、ははっと笑った。それでも、現状はアルバイトできているし、何よりローザの町で昼も夜も一人じゃないのもありがたい。

「弁当や薬草の他にも売れそうなものあるのか」

「はい」

スライムの魔石とか、ツノウサギとか。

ギルドに沈黙が落ちた。

「あなた、それ」

「よせ。ギルドに入っているハンターじゃなきゃ、俺たちは守れねえ。今売れないものを出させて何になる。トラブルのもとだ」

ヴィンスは受付の女性の言葉をさえぎった。でも、最初に売れそうなものはあるのかとうっかり聞いたのはヴィンスだよねとサラは冷静に思った。

「あ、せっかくだから」

サラは話に来たついでに、売店のことで考えていたことをもう一つ相談しようと思った。

「お弁当なんですけど、あっためて売っちゃだめですか」

「あっためる？　そりゃ、駄目じゃねえが」

「その場であっためたら、プラス一〇〇ギルとかできないですかね」

薬草が売れないのは惜しいが、毎日四〇〇〇ギルも稼げるなんて、それだけでありがたいことだ。でも、ネリーだけじゃなくて、アレンもお茶を温める魔法を知らないのを見て、これは商売になるんじゃないかと思ったのだ。

「そういやお前から買った弁当は温かいままだったなあ。そういうことをできる奴もいると聞いたことはあるが。あれをダンジョンの中で食べられるのか」

「スープも熱々ですよ。お肉も少し柔らかくなるし」

「まあ、こないだの弁当も温かさはちょうどよかったし、やってみてもいいんじゃねえか。だが、そんなん頼む奴いるかね？」

懐疑的なヴィンスだったが、とにかく許可は出た。一日一人しか頼む人がいなくても、二日分あれば二〇〇ギルになって黒パンが一個買えるではないか。サラは張り切って売店に戻った。

やっぱり客は少なかったが、カウンターに置いた、『お弁当温めます。一個一〇〇ギル』という紙に目をとめていく人もいた。義務ではないが、一〇歳になる前に読み書き計算を習うので、たいていの人は字が読めるのだという。これはネリーに聞いた。

「よう。今日もあんたが店番か」

昨日来てくれたハンターの人が、またやってきた。

「この時間、売店の担当をしてます」

「そうか。今日は上級ポーション二本と、弁当三つ」

「お弁当の種類はばらばらで？」

「ああ」

「二万と四五〇〇ギルです。それと」

サラはからの弁当箱を受け取ると、新しい弁当を渡す前にカウンターに置いた紙を見せた。

「お弁当温めます？　温めてどうするんだ」

どうするんだって言われた。サラは途方に暮れた。

「おいしくなります」

「どうやってやるんだ」

「魔法で」

「ふん。一〇〇ギルか。とりあえず一つやってみろ」

サラはいつものようにお弁当箱を開けると、中身には手を触れないで、スープ、お肉、パンと一つずつ魔法で適温にしていく。

湯気が立っていい匂いがしたところで、蓋をする。一分もかからない。

「こんな感じです」

「一〇〇ギルか。じゃあ三つとも頼む」

「はい！　二万と四八〇〇ギルになります！　冷めないうちにすぐ収納袋にしまってくださいね」

「ああ」

サラは温め代三〇〇ギルはきちんと自分のポーチに分けておいた。

温めたいい匂いが残っている間に、何人かのハンターが来て温めを試していった。

夕方担当のおじいさんが来る頃には、なんとか温め代の一〇〇〇ギルを余分に稼いでいた。

ということはそろそろアレンがやってくるころだ。サラはそわそわしてギルドの入り口に目をやった。「サラ！」と飛び込んでくるはずだ。

でも、現実は違った。

アレンは少しうつむいて、静かにドアを押して入ってきた。

「アレン？」

「うん。今日も駄目だった」

どうやら、配達の雑用をもらえなかったらしい。

サラはおじいさんのほうに振り返った。

「交代でいいですか？」

「いいとも。また明日な」

「はい。さよなら！」

元気のないアレンを、ギルドの人も心配そうに見ている。

サラはアレンの背中をポンと叩き、帰ろうと促した。

ダンジョン帰りのハンターが増えてくる時間で、入り口からはどんどんハンターが入ってくる。

ハンターは売店に来る人以外知らないはずなのだが、一人すれ違った人がサラの記憶を刺激した。

その若い人はそのまま真ん中あたりの受付に行った。

「やっと納品かよ。もっと定期的に入れてくれ」

「仕方ないだろ。王都からの薬草の仕入れが遅れてるんだから」

サラははっと顔を上げた。

この意地悪な声は、薬師ギルドの。

「テッド」

口の中で小さくつぶやいただけなのに、テッドがサラとアレンのほうに振り向いた。

「はっ。三層のゴミがこんなところをうろついてたのか」

確かにその悪意は、サラとアレンに向けられたものだった。

「おい！　テッド！」

「本当のことだろ、ヴィンス。ローザの町にいる権利があるのは、もともと住んでいる奴か、強い奴だけなんだ。保護者もない、ギルドの登録証もない子どもなんてローザのお荷物以外の何物でもない。目障りなんだよ」

ギルドにいたハンターたちは、大きな声を出したテッドを見、それからサラとアレンに目をやると、そのまま興味なさそうに自分たちの用事に戻っていった。

受付にはさすがに眉をひそめている人も多いけれど。

「お前、まさかお前が仕事の邪魔をしてるのか？」

アレンが思わず前に出た。

「仕事だって？　ゴミがうろうろしてるだけだろ。何の役に立ってるんだよ。俺はそんなゴミは目に入れたくないって店の奴に言っただけだ」

「お前！」

アレンは悔しそうにこぶしを握っている。だけど、ここで手を出したらアレンの負けだ。それがわかっていて、必死に我慢している。

サラは思い出した。ネリーは何と言っていたか。

「サラはローザの町がどんなに冷たいか知らないからそんなことを言うんだ。あそこはダンジョンの町。元からいる町の住人と、ダンジョンで稼いでいる強者以外には、暮らしにくい町なんだ」

サラがローザで最初に会ったのがアレンだった。薬師ギルドは冷たかったけれど、ハンターギルドは親切で、仕事もくれた。だからサラは、ネリーが言ったことを気にも留めていなかったのだ。

サラの口から思わず言葉がこぼれた。

「これがローザの町。ネリーが言っていたとおり」

「へえ、ネリーって奴、わかってるじゃないか。それだけ現実的な女なら、クリス様を諦めて王都にでも行ったんじゃないか。別の男を捜しにさ」

「は？」

サラは自分の耳が信じられなかった。誠実なネリー。何よりサラを大事にしてくれたネリーが、サラを残して黙って王都に行くわけがない。

それにクリスを諦めてだって？

別の男？

ネリーはそんな意味でクリスを頼れと言ったんじゃない。

知りもしないくせに。

「謝って」

サラは一歩前に出た。

「はあ？」

「謝って。ネリーのことを知らないとあなたは言ったでしょ。知らないのに、なんでネリーのことを悪く言うの」

「子どもを残していなくなるような奴なんだろう、そう思われて当たり前だろ？」

もし戻れなかったらというところまで、ちゃんとネリーは考えていてくれた。当てにならなかったのは薬師ギルドで、ネリーが悪いんじゃない。サラはまた一歩テッドのほうに進んだ。

「……え、おい、なんだ」

オオカミに噛まれそうになっても、ワイバーンがぶつかってきても、自分の身さえ守ればよかった。自分から相手を傷つけるなんて、できればしたくない。

しかし、自分ではなく、大切な人が傷つけられることが、こんなに腹の立つことだなんてサラは思いもしなかった。サラの中で怒りが膨れ上がっていく。

それにつれて、ギルドのハンターたちが、少しずつサラから離れていった。

「サラ！」

アレンの声がする。

サラはさらに一歩テッドに近づいた。テッドは受付を背にしてのけぞっている。

「ひっ」

もう一歩近づいた。

「サラ」

静かな声が頭の上から聞こえ、肩をしっかりとつかまれた。

　サラはハッとして力を抜いた。

　途端にテッドがガクリと膝をついた。

　私は今、何をしたんだろう。サラは呆然とした。

「サラ、お前、無意識か。すげえ圧だったな。ここまで魔力量が多いとは思わなかった」

「ヴィンス……」

　いつの間にか、ヴィンスが受付から回り込んできていたらしい。

「サラ！　大丈夫か！」

　アレンが隣に来て手を握ってくれた。

　どうやらサラは無意識にテッドに圧をかけていたらしい。

「ご、ゴミよりひでえ。化け物じゃねえか。ギルドに出入りさせるんなら、ちゃんとしつけとけ！」

　なんとか立ち上がったテッドが捨て台詞を吐いて逃げていった。

「ネリーは、黙って私を置いていったりしない。絶対事情がある」

　サラはつないだアレンの手をギュッと握った。アレンも握り返してくれた。

「そうだな。もし子どもを大事にしてないんだったら、収納ポーチを持たせたりはしないものだ」

　ヴィンスはそう言ってしゃがみこむと、サラと目を合わせた。

「しかもワイバーン三頭分のな」

　そしてへたくそにウインクして見せた。

「うん」

泣きそうに頷くサラの隣で、アレンがこぶしを握った。

「俺たちは、ゴミじゃない」

「うん」

サラは静かに頷いた。

「ハンターの卵なだけだ」

「う、うん」

サラは別にハンターになりたいわけではなかったので、それにはあいまいに頷いた。

サラが顔を上げると、ギルドはいつもと別に変わらない様子だった。さっきの出来事なんてまるでなかったかのようだ。

冷たい、のだろうか。

確かに、サラとアレンが馬鹿にされるのを誰も止めてはくれなかった。

でも、サラがうっかりテッドに圧をかけても、ついでに周りの人に圧をかけても、誰もサラに対して態度を変えなかった。

そうだ、私はゴミでも化け物でもない。

自立してネリーを捜したいだけのただのサラだ。

ローザの町は、冷たい町かもしれない。

でも、受け入れられないわけでもない。

自分さえしっかりしていれば、私は、きっとここで生きていける。

サラはきっと顔を上げた。

「いい顔だ」

頷いたヴィンスに、ふっと顔が緩んでしまった。サラはアレンのほうを向いた。

「アレン、帰ろうか」

「そうだな」

並んで帰る二人には、冷や汗をぬぐいながらつぶやくヴィンスの声は聞こえなかっただろう。

「魔力量は、もしかするとジェイ以上。薬師ギルドのように下手を打てば化け物にもなりうる。アレンといい、サラといい、逸材っちゃ逸材なんだが、なんで二人とも保護者なしなんだよ……」

とりあえず、薬師ギルドはおとなしくしていてくれと、ギルドの全員が思っていたに違いなかった。


サラとアレンは帰りにはいつものように屋台でパンを買って帰った。

「お金減っちゃっても、大丈夫？」

心配するサラに、アレンはにやりとした。

「食事のお金はちゃんと別にしてある」

おなかがすいてふらふらしていたのを反省して、食事のお金はちゃんと別にしてあるらしい。異世界では子どももたくましいとサラは感心した。

それから先はいつもどおりだ。

町の外の、住宅街の端っこの野原で野宿。

朝起きたら薬草を採る。

「今日も配達の仕事を探すの？」

「もちろん！　一日一〇〇〇ギルだって、一〇日働いたら一万ギルだ」

二人で元気にハンターギルドまで走っていく。

さて、サラはサラの仕事をしなければならない。

「マイズ。おはようございます！」

「ようし、ベルトを締め直せ！」

今日は昨日よりちょっといい日な気がする。

食堂の厨房の隅っこでサラが芋の皮剥きをしていると、なんだかギルドの表側がざわざわ騒がしい。

「マイズ、昼と夜、ちょっと多めに準備しといてくれって、ギルド長が」

わざわざ受付が伝言に顔を出していったくらいだ。

「何かあったようだな」

マイズは表をひょいとのぞいてみると、顔をしかめた。

「王都の騎士隊だ。こっちからハンターをかっさらっていくくらい人手が足りないはずなのに、何事だ」

サラは騎士隊という言葉にちょっとわくわくした。サラの知っている騎士というものは、王家に忠誠を誓うイケメンのことである。後でちょっとのぞいてみようと思った。

そういえば王都というくらいだから、この世界は王政なのだろうか。サラはそんなことも知らない自分にあきれたが、今は生きるのに忙しいのだからと心の中で言い訳をした。

そんな騎士隊が来るというわくわくした出来事も、サラにとっての影響といえば、剥く芋の量が増えたにすぎず、いつもより一時間多く働き、いつもより一〇〇〇ギル多くアルバイト代をもらうことになったのはまあ嬉しかった。

一時間残業したので、今日は売店でのアルバイトはないだろうと思ったら、食堂から出てきたとたんに、受付の人に売店に引っ張っていかれた。

「王都の騎士隊が余計な仕事増やしちゃって、受付が売店を見るのが大変なのよ。一時間でいいからお願い！」

「え、大丈夫は大丈夫ですけど」

「アルバイト代もいつもどおり出すから」

「やります！」

珍しく受付には列ができており、サラが売店のお金とポーションの整理をしている間に、そこからどんどん売店に回されてきた。

「弁当五つ。種類は何でも。あと上級ポーション二つ」

「お弁当は温めますか？　一〇〇ギルかかりますけど」

「温める？　そんなのいらねえ」

「空き箱はなしですね。全部で三万五〇〇〇ギルです」

最初の一人には断られたけれど、一人が興味本位で温めを頼んでくれたら、その後はみんな物珍しさから温め込みで頼んでくれたので、一時間だけで二〇〇〇ギルほど温め代がもうかった。

「今日もありがとね。交代だよ。おや、今日はずいぶん客がいるね」

「モッズおじさん！　なんでだか私もよくわからないので、受付の人に聞いてみてください」

「聞く余裕もなさそうだよ。ほんとはこのまま手伝ってほしいけどねえ」

「早く登録できるようにならないと！」

サラは気合を入れた。

次の日、アレンは朝早くから薬草を採ると、先に町まで行ってしまった。早く行って雑用を探すのだという。サラはいつものように薬草を採り、いつもの時間にギルドに向かう。

しかし、ハンターギルドのドアを押して開けると、いつもとは違う光景が待っていた。

「人が多い……」

いつもなら閑散としているフロアは人が行き来し、昼でもそんなに混んでいない食堂もにぎわっている。もっともよく見ると、休憩所として利用されているだけかもしれない。

いつもと違う理由について思い当たるのは、「王都から騎士隊が来た」という昨日のうわさだけだ。ということは、このうろうろしている人たちが騎士だろうか。サラはちょっと目をきらめかせた。そういえば揃いの制服を着ているような気もする。

しかし、よく見ている余裕はなかった。

「サラ！」

「サラ！」

二方向からいっぺんに声がかかった。

「え？」

どこに返事をしたらよいのか。

「サラ！　早く厨房の手伝いに！」

「サラ！　今日は朝から売店に入ってくれないか！」

食堂のマイズ、受付のヴィンスだ。

サラは迷ったがまずは食堂に向かい、ヴィンスに声をかけた。

「ヴィンス、売店の件はマイズと相談してください」

「ようし、ベルトを締め直せ！」

「はい！」

騎士をゆっくり眺めている暇がなかったのが残念である。

第三章　残された少女

厄介事は王都からくる

サラが熱心に芋剥(む)きをしている間に、表ではテッドがヴィンスに食い下がっていた。ヴィンスのそばがつらいのか、少し離れたところからだが。

「なあ、あの子どもに薬草を出させてくれよ」

「テッド、お前こないだサラとアレンのこと、ゴミって呼んでたよなあ。お荷物なんじゃなかったのか」

ヴィンスは興味なさそうに受付に座って書類を整理し始めた。アレンにしろ、サラにしろ、薬師ギルドに頼らなくてもいずれ登録する金は稼げる。こんな面倒な奴に関わる必要はない。

しかし、テッドは引き下がらない。

「それは！　だがお荷物なのは事実だろう」

「少なくともハンターギルドはそうは思ってねえよ。今実力がなくたって、高い魔力持ちはいずれ成長して貢献してくれる。まして、たった一二歳できちんと薬草を採ってこられるなら、すでに役に立ってるってことじゃねえか」

偏見を持たなければ、それが事実だ。

「うっ。だけど薬草よりなにより、生意気にもクリス様を出せっていうからだ。子どもを使ってクリス様の気を引こうとする女がどれだけいると思う」

「もしそうだとしても、それは保護者の問題でサラの問題じゃない。それに、そんな女や子どもでも、もしクリスがその場にいたらちゃんと相手をしていただろうよ」

ヴィンスの声が大きくなった。二人は気づかないままギルド中の注目を集めていた。

「いいか。お前がゴミと呼んだあの子どもはな、薬草が売れないから、ギルドに登録できなくて、毎日ここで働きながら町の外で野宿してるんだぞ」

「野宿？　やっぱりゴミじゃねえか」

「ああ？」

ヴィンスは椅子をガタンといわせて立ち上がった。テッドは一歩下がると、手のひらをヴィンスに向けてなだめようとした。

「何にも言ってねえよ。金はちゃんと払うから、な？」

「じゃあ俺にぐずぐず言ってないで、厨房（ちゅうぼう）にいる本人に言ってこい！　お前が薬草を手に入れられないと、騎士隊はいつまでも出発できねえなあ」

ヴィンスがいくら正しいことを言っても、テッドがサラやアレンに対する考えをまったく変えていないのは伝わってきた。よほど二人の相手をしたくないか、あるいは頭を下げるのが嫌なのかなのだろうが、そんなテッドの気持ちなどヴィンスは知ったことではなかった。

「薬草を確保できるあてがあるのか、テッド」

「く、クリス様」

ちょうどギルドの奥から出てきたのは、揉めていることをテッドが一番知られたくなかっただろう、憧れの薬師ギルド長だった。ヴィンスは皮肉げに口の端をゆがめた。

クリスという人は人格者だ。だが周りに集まってくる人たちは必ずしもそうではない。

金より淡い輝くような銀髪を後ろで一つにまとめているクリスは、灰色の目と相まって冬のような怜悧な印象を受ける。穏やかで、何よりローザの薬師ギルドの長として実力も稼ぎもあるうえ独身なので、女性からの人気も高く、常に何かしら問題を抱えている。何より薬師ギルドから盲目的に慕われているのが気持ち悪い。

「はい、おそらく」

テッドは、なんとか焦りを抑えたようで、恭しい態度で答えた。さっきまでの態度と違いすぎるだろうとヴィンスはいっそう口の端をゆがめた。

「それなら、今すぐ確保してきなさい。一分一秒を争うというのに」

テッドは青い顔をしてヴィンスが指し示した厨房のほうに向かった。

それを目で追いながら、クリスと一緒に奥から出てきたギルド長がクリスに不満をぶつけた。

「そんな事情なら、王都からポーションくらい持ってくればよかったんだ。こっちだってダンジョンに向かうハンターだっているのに、ポーションを根こそぎ持っていかれると困るんだよ」

「すまない。ネフェルタリが指名依頼を断っていたのは、拾い子を育てていたためとは誰も知らなかったんだ。私でさえな」

　せめて自分には話しておいてほしかったと、クリスの目はそう言っていた。

　ヴィンスもため息をついた。この二年、魔の山の管理人のネフェルタリが、王都の渡り竜討伐の指名依頼を断っていたのは知っていた。ローザにはむしろ都合のいいことなので、気にも留めていなかったのだが、それが子どもを拾っていたからだとは、誰も気がつかなかったのだ。

　さすがに三回連続で断るのは難しく、今年は強制的に連れていかれてしまったが、結果的に魔の山に一人、少女を残してきたことになる。

　王都側でもそれが公になると外聞が悪い。ネフェルタリをなだめる意味もあって、王都から捜索隊が派遣されてきたという事情だ。

　それに付き添う形でクリスが王都から戻ってきた。

　おそらく、騎士隊を信用していないということもあるだろう。

「北ダンジョンの魔の山に一人少女が残されているかと思うと、女神じゃなくても心配だが、でももう半月以上経つんだぞ」

　もう駄目だろうという含みのあるギルド長の言葉に、クリスが悲痛な顔をした。

「言うな！　少なくとも、少女がどうなったかわかるまではネフェルタリも納得せん。そもそもネフェルタリを眠らせて王都に運んだのは騎士隊だ。王都で気がついてほとんど錯乱しているような状態だったのを、少女の捜索隊を出すからとなんとか納得させて置いてきたのだからな」

「お前、心配で思わずついていったものな」

「当たり前だ！　人に麻痺薬を使うなどあり得ないだろう！　後遺症が残ったらどうするつもりだったのだ！」

ネフェルタリが貴族の生まれのままに、王都で縁付いていれば、このようなことにはならなかったのかもしれない。

しかし、ネフェルタリは平凡なお嬢様でいるには強すぎた。かといって家の跡取りはすでにいる。複雑な事情のもとに、ローザの北ダンジョン、魔の山に身を潜めるように住んでいたのだ。

「こっちで十分役に立ってるんだから、ほっといてやればいいのによ」

いまだに王都からいいように使われているネフェルタリに、今回ほど同情したことはない。

「小屋から出なければ無事かもしれねえだろ。管理小屋には強固な結界が張ってある」

ヴィンスの言葉に、皆祈るように頷いた。

「とにかく管理小屋まで往復だ。最短で行き帰りで六日、捜索に一日、計七日。今あるポーションではとても足りないだろう。ギルドからは手伝いにハンターは出せないか。どうも騎士隊は信用ならない」

「無理だろ。ただでさえこの時期、王都の渡り竜に人手を取られてんのに」

「もっともだ。とにかく、薬草の、特に上薬草の在庫が足りないんだ。急がねば」

二人はテッドが走っていった厨房のほうを眺めた。

「薬草を買い上げる。ありったけ出せ」

サラが芋を剥いている厨房に、テッドが顔を出すなりそう言った。

サラは芋を持ったまま唖然（あぜん）としてテッドを見た。

「騎士隊が北ダンジョンに行くのに、どうしても上級ポーションが必要なんだ。お前、たぶん上薬草も持ってるよな」

テッドは乱暴な言葉の割には必死の形相をしていた。

その横を厨房の料理人が迷惑そうな顔で行ったり来たりしている。

「持ってますけど」

「頼む。売ってくれ！」

正直なところ、意地悪されてても、サラだからこの何日かなんとか生活できたのだ。結界箱も持っているし、収納ポーチにはサラの元来の慎重な性格を反映して食べ物もいっぱいだ。

そうでなかったら、相当困ったことになっていただろう。

もっとも、野宿しながら日銭を稼いでいること自体、困っている状態なのだということの自覚は薄かったが。

自分が意地悪されたからって、いつまでも意地を張っているほど嫌な奴ではないと自分では思っている。それにいつまでもテッドにいられると邪魔だし。サラはマイズを見上げた。

「マイズ」

「いいぞ。早く用事を済ませて戻ってこい」

「はい！」

狭い厨房で薬草のやり取りをするわけにはいかない。サラは合図すると、少しは態度のよくなったように見えるテッドと一緒に厨房から出た。

どこで受け渡ししようかきょろきょろするサラを、ヴィンスではないいかつい人が手招きした。

サラは誰だろうと思ったが、はっと思い出した。

「最初にお弁当を買ってくれたおじさん」

「俺、ギルド長ね」

情けなさそうなその人は、偉い人だった。というか、雇い主ではないか。

「君が薬草を持っているのか。ここに広げてくれないか」

サラの知らない人がギルドのカウンターを自分のもののように勝手に指さした。髪も目の色も淡い色だが、来ているローブも白っぽく、冬のような印象の人だ。その服の中で、テッドも付けていた緑のブローチが薬師ギルドの人かと思わせた。

「どのくらい出せばいいですか」

「どのくらいだと」

冬の人の声が低くなった。

「あるだけ全部だ」

サラはギルド長でなく、いつも相手をしてくれるヴィンスのほうを見た。

薬師ギルドについては、どうしても不信感のほうが先に立つ。この冬の人の威圧的な態度も、決してサラを安心させるものではなかった。だから、この人の言うとおりにしてもいいのかという確認がほしかったのだ。

ヴィンスが受付のカウンターの向こうでしっかりと頷いたので、サラは薬草をかごごと収納ポーチから出した。

ネリーが出かけてから自分が町に出るまでの五日間、不安でたまらなかったサラは、一生懸命薬草を採って気を紛らわせていたから、かごの中には、上魔力草から薬草まで、二段にびっしりと入っている。

「これは」

「おお！」

「すごい」

かごを見た面々は感嘆の声をあげた。

「すまない、とりあえずかごごと借りる！　テッド、行け！」

「はい！」

テッドはサラのかごを引っさらうとそのままギルドを走り出た。

待ってという暇もない。あっけにとられたサラに、冬の人は、

「買い取り額は清算してこちらに届けよう。かごも後で返す。では」

と言うと、テッドを追ってギルドを出てしまった。サラが口を開ける暇さえなかった。

「薬草が欲しいなら、まずアレンから買い取ってほしいって言うつもりだったのに」

「サラ、お前」

「そしたら、アレンはすぐにでもギルドに登録できるのに」

ヴィンスはどうしていいかわからず、手を上げて、下げた。

「今日はもう雑用に出ちまってるからなあ。帰ってきたら言ってやれよ」

「うん！」

最近元気のなかったアレンが喜ぶと思うと、サラも今日の帰りの待ち合わせが楽しみでもあった。

「にしても、薬師ギルドって、みんな横柄な感じ」

つい文句を言ってしまったサラに、ヴィンスが苦笑した。

「まあ、否定はしねえよ。だがな、ギルド長のクリスは違う。今は非常事態だから焦っていてあんな態度だったけど、約束はきちんと守るお人だ」

「あの人がクリス？　他にクリスっていう名前の人がいるんじゃなくて？」

サラは驚いてヴィンスを振り返った。

「薬師のクリスといったらあの人しかいないな」

サラがずっと待ち望んでいた人が、あんな人だったなんて。いくらネリーが頼れと言っても、あの人は頼れない気がする。

それがサラの判断だった。

しかし、ローザの町は、ネリーが言うほど冷たくなかった。クリスという人が頼れなくても、アレンもヴィンスも、マイズもサラを助けてくれた。

その人たちは信頼できるとサラは思うのだ。

「俺、ギルド長ね」

そしてその上司であるギルド長も。

「さ、今薬師が薬草持ってたからな。午後半ばには北ダンジョンに出発できるだろ」

「そんなに急ぐのか、ジェイ」

「いまさらだけどな。もしまだ生きてるのなら、ちょっとでも早く安心させてやりたいからな。さ、準備準備」

ギルド長はまた奥に戻っていった。

皆忙しそうだ。

ネリーの言うとおりにはならなかったけれど、ちゃんとローザの町で暮らしてるよ。

サラは心の中でネリーに語りかけた。

「おーい！　サラ！　芋剥き！」

「はーい！」

そして自分もちょっと忙しい。今日も残業決定である。

「今日も四〇〇〇な」

「ありがとう！」

それでも、ちゃくちゃくとお金はたまりつつある。

仕事終わり、薬草を買ってもらえるようになったことを言いたくて、サラはわくわくしながらアレンを今か今かと待っていたが、いつもよりずっと遅い時間になってもアレンは帰ってこなかった。

「さすがにもう間に合わないや。先に門の外に出ていよう」

サラは売店のモッズさんに挨拶して門に急いだ。

「よう、ちび」

「え？」

サラは驚いて足を止めた。いつもサラのことはじろりと見るだけの門番に声をかけられたのだ。

「アレン、今日は用事があるって、いつもの時間くらいに門を出たぞ。いつも一緒の友だちが来たら伝言してくれって」

「アレンが」

サラはちょっと安心した。何かあったのかと心配だったのだ。でも、門番は門の外に出たと言った。町の外の用事って何だろう。

「あの、用事って何か聞いてます？」

「ああ、なんだか薬師ギルドからの依頼だって」

「よかった。薬草だ」

薬草が売れるようになったことを直接聞いたのだろう。これでアレンは明日ギルドに登録することができる。

「なんかそんなんじゃなかったぞ」

門番は、喜ぶサラに水を差すようなことを言った。

「ほら、今日、午後、騎士隊一行が魔の山に向かっただろう」

「魔の山？」

「ほら、北ダンジョンさ」

そういえばギルド長がそんなことを言っていたような気がする。

「ポーションが追加でできたから、それを届けに行くんだって。その薬師ギルドのお使いが無事にできたら、明日はギルドに登録できるんだって嬉しそうにしてたぞ」

「お使い。薬師ギルドの」

何かが引っかかる。

「ねえ、おじさん。つまりアレンは、大人の騎士隊を徒歩で追いかけたってことだよね」

「あ、ああ。だが、あいつは足が速いし体力もある。一日かかるかもしれないが、夜には追いつけるだろうって言ってたぞ。もし追いつけなくても、街道沿いだから安全さ。ちょっと早起きすれば次の日には追いつける」

アレンがどのくらい体力があるかわからないけれど、大人、しかも騎士隊に追いつくほどだろうか。確かに身体強化をすれば足は速くなるし、アレンは身体強化が得意だ。

でも。

サラは頭に何かが引っかかって苛立った。

北ダンジョンとは、魔の山のこと。魔の山とは、サラとネリーがいたところだろう。

自分がダンジョンに住んでいたのかという驚きはあったが、とりあえずそれは置いておいて。

何かがおかしい。

街道沿いは安全だから。

サラはハッと顔を上げた。

「街道沿いは安全じゃないよ！　魔の山から東門まですぐの街道は、結界がほとんど役に立たなくて、ツノウサギがガンガン当たってくるんだよ！」

サラが草原を来たときには、確かに途中にところどころにある広場は結界が張ってあって安全だったけれど、道に結界が張ってあると安心できたところはなかったはずだ。というか、街道に結界が張ってあるということもローザに来てから初めて知ったくらいなのだから。

「そ、そうなのか。お前詳しいな」

サラは薬師のテッドの顔を思い浮かべた。

いくら安全だからって、夜にまでかかる仕事を、しかも騎士隊が関わるような大切な仕事をゴミ扱いしていた一二歳の子どもに頼むだろうか。

いや。

おそらく持たせたポーションは本物だろう。しかし、それは絶対届けなければいけないようなものではなく、大人の足に追いつけるわけもないアレンが失敗して戻ってきたのを、笑って馬鹿にするつもりだったのに違いない。

だって、アレンがすでに持っている薬草を売るだけで、今日ギルドに登録できるはずだったのをテッドは知っているんだから。

誤算は、魔の山までの街道の結界が十分に働いていないのを、おそらくテッドが知らなかったこと。

からかうだけで済むと思っていたことだ。

サラの頭に、ツノウサギにやられるアレンが思い浮かんで、ぞっとした。

「おじさん、アレンが出たの、いつも私たちが帰る時間だよね」

「そうだな」

だとしたらアレンが出たのは一時間くらい前になる。

自分に追いつけるだろうか。

サラはネリーほど身体強化は使えない。ネリーのように、足が速くなるように強化をしたら、次の日に疲れて使い物にならなくなってしまう。だからローザの町に来るのにも、自分の力だけで毎日しっかり歩くほうを選んだのだ。

だが、背に腹は代えられない。アレンの安全のためだ。

アレンを助けに行くことに、一瞬のためらいもなかった。弱くて怖がりで、小屋から出るのに半年もかかった自分だけれど、二年間で少しは身についたはずの力を今使わなくていつ使うのか。

だって、友だちなんだから。

「門番のおじさん」

「なんだ？」

「アレンが薬師ギルドからお使いを頼まれて北ダンジョンに向かったこと、それから北ダンジョンまでの街道の結界があまり役に立たないことを、ハンターギルドのヴィンスに伝えてもらえる？」

「副ギルド長にか」

ヴィンスって受付じゃなくて副ギルド長だったんだ、とサラはちょっと驚いたが、今はそれどころではない。

「お願い。いくらアレンが身体強化が得意でも、このままだと命を落とすかもしれない」

門番は、お前がヴィンスに直接言いに行けば、と言おうとしたのだと思う。

でも、もう日が暮れてしまったから、サラは町には入れない。

「わかった。俺たちは今ここを離れられないから、交代の時に知らせてくる」

「お願いね！」

ギルドが動いてくれるかどうかはわからない。

でも、打てる対策はすべて打っておくべきだ。

サラは自分に頷くと、東門に向かって走り出した。

「おい！　なんでお前が行くんだ！」

門番に説明する間も惜しかった。

「下半身に身体強化をかけて、飛ぶように歩く」

こうすると普段の二倍の速さで、しかも走るよりは疲れずに歩くことができる。しかし、このやり方では半日歩いたら結局は疲れ切ってしまう。しかし、今は次の日のことなどどうでもいい。

『身体強化は、もともとの体を鍛えて初めて十分な効果を発揮するんだ。サラはまず、長距離を自分の力で歩き切ることからだな』

ネリーの声が聞こえるような気がする。

「でも今は仕方ない。アレンに追いつくことが大事なんだもの」

飛ぶように歩くサラは、前の半分の時間で東門までたどり着いた。もう日はとっぷりと暮れていた。

「おーい！」

日が暮れても、東門には見張りの兵がいた。サラはその兵に声をかけた。

「なんだ？　あれ、お前、新入り。また道に迷ったのか？」

門の上にいたのは、初日に会った第一町人だった。

「違うよ。あの、騎士隊の後で、アレン、ええと、一二歳くらいの男の子がここを通らなかった？」

「通ったぞ。一時間までは経ってないと思うが。危ないからって止めたんだが、薬師ギルドからのお使いだって言ってたなあ。薬師ギルドのお使いなら仕方ないだろう」

一時間。アレンも身体強化を使っていたとしたら、ほとんど時間は詰まっていない。少し急がないと。

「ありがとう！」

サラは兵に礼を言うと、気合を入れて魔の山までの街道に踏み出した。もちろん、バリアは張っている。

「おい待て！　危ないぞ！」

「大丈夫！」

「なわけないだろ！　おい！」

止められても行くしかない。

二人も子どもが街道に飛び出したのだ。

さすがに危機感を持った東門の兵は、交代の時にハンターギルドに連絡した。

しかし、交代の遅れた中央門と、東門の門番から、二人の子どもが魔の山方面に向かったという知らせが同時にハンターギルドに届いたのは、サラが門を出てからだいぶ後のことだった。


この道をたどってきたのはほんの数日前のことだった。

「ダンッ」

「はい、ウサギー」

やっぱり角の生えたウサギが襲ってくるから、街道に結界など張られていないのではないだろうか。あるいは、修理がされていないとか。

「ダンッ」

「ダンッ」

「ウサギ、大量でーす」

夜に歩くのは初めてだが、ツノウサギは夜行性なのだろうか。昼より襲ってくる数が多いような気がする。

途中で気がついて明かりをつけて、それを持ちながら歩いているせいかもしれない。街道があり、月明かりもあるとはいえ、気を抜くと道からそれそうになる。

サラが急いでいるせいか、ウサギの狙いもずれるようで、反射で致命傷になっているものはあまりいないようだ。よろよろと逃げていく気配がする。したがって拾わなくてもいいのが今はありがたい。

サラはバリアではじくから、ウサギの鋭い角は気にならないけれど、アレンはどうしているのか。ネリーはいつもしつこい魔物はこぶしで叩き落しているけど、暗いなか、ウサギがどこから襲ってくるかわからないので、サラにはそれは難しい。

草原で修行させられたと言っていたから、アレンにはできると信じよう。

「町暮らしで少し体力が落ちてるかな」

だいぶ疲れてきたサラは、やっと前のほうにかすかな明かりを見つけた。

「アレンだ！」

サラは少し急いだ。

明かりだけでなく、アレンの姿が見え始めると、アレンが肩で大きな息をしているのがわかる。

「あ、ウサギを殴ってる」

ツノウサギについては、サラのように跳ね返す派ではなく、殴る派のようだ。一撃でウサギを沈めている。サラとそう身長の変わらない少年が、体の半分ほどもあるウサギを次々と殴り飛ばしていく様にサラは思わずぽかんと口を開けた。

少なくとも、無力な少年ではない。本人が言っていたとおり、おそらくダンジョンに入れるくらい、強いのだ。

跳んでくるウサギを目で見てとっさに手が出るというのは、身体強化だけでなんとかなるものではない。現にサラは、跳んできたウサギがバリアに当たって初めて気がつく人だ。

きっと叔父(おじ)さんという人と、魔物を狩る厳しい訓練をしてきたに違いなかった。

しかし感心している場合ではない。アレンは早く先に進みたいのに進めなくて苛立っている様子で、余裕が全く感じられない。後ろから見ると、ツノウサギに取り囲まれてしまっている。さすがに後ろにいるウサギにまでは目を配れてはいないようだ。

自分が魔の山から町へ向かっていたときも、そんな風にツノウサギに取り囲まれていたのかと思うとぞっとする。

今声をかけたらアレンの集中力が途切れてしまう。しかし万が一、ウサギが一羽でも当たったらアレンは怪我(けが)をしてしまうかもしれない。

サラがためらっていると、今まで一羽ずつ飛びかかっていたウサギが埒(らち)が明かないと思ったのか、一斉に飛びかかろうと身を低くしたのが見えた。

アレンがいるところまで数十メートルはある。戸惑っている暇はない。

サラのバリアなら、魔物の攻撃をはじくことができる。獲れてしまったワイバーンを森オオカミから守るためにバリアを広げたことを思い出せ。やったことはないけれど、数十メートルくらいなんとかなる。

「忘れてたけど、私は招かれ人だから。届け！」

サラは一気にバリアの範囲を広げた。集まっていたウサギが手前から一気に結界に跳ね飛ばされていくのが見えた。

「しまった、アレン」

アレンも跳ね飛ばしてしまうかと思ったが、そういえばサラのバリアは結界とは違って、味方と認識した人は大丈夫なのだった。

サラは吹っ飛んでいったウサギを唖然として眺めているアレンに走り寄った。バリアはアレンを範囲に入れつつ、少しずつ小さくしていく。

身体強化で歩いたので疲れてはいたけれど、数十メートルバリアを広げても、それで疲れるようなことは全くなかった。招かれ人万歳だ。

「アレン！」

「サラ？」

はあはあと肩で息をしているアレンは、声をかけてきたのがサラだと気づいたようだが、それでも警戒を解かなかった。

「うん、これは強くなるよ」

感心したサラは、まず安全を確保することにした。すでにサラの結界に入っているから安心なのだが、目でアレンを安心させる意味も込めて、アレンと自分の周りによく見えるように結界箱を置いていく。

サラがいつも野宿するときにやることを見たアレンは、少し力を抜いた。

いつものように、箱三つ目でホワンと結界が立ち上がり、四つ目で強固なものになっていく。二メートル四方のそれは、いつもネリーと二人で過ごすのに十分な広さだったから、アレンが入っていても大丈夫だ。

そこで初めて気の立っている様子のアレンに声をかけた。

「アレン、少し休もう」

「でも、お使いが」

そうはいっても疲れてふらふらだ。

「アレン、この時間だもの。先行してる人たちも、もうどこかで休んでるよ。ちょっと休んでも、間が離れたりしないよ」

大人だって休まないと、次の日に響く。初日だから少し頑張ったかもしれないが、夕食の時間はとっくに過ぎ、子どもなら寝る時間だ。

「お使いに行くのは止めないから、とりあえず休もう。結界があるから身体強化解いていいよ」

「ああ、そうか、サラの結界箱」

アレンはふっと力を抜くと、崩れるように座り込んだ。

サラはカップを出すと、まずアレンに水を飲ませ、それからお弁当箱を取り出した。

「さ、これ、おごりだから」

アレンが遠慮する前に言っておく。

「でも」

やっぱり遠慮した。サラはフフッと笑った。

「あのね、今日、薬草が売れたんだ」

「薬草が、売れた……」

アレンの中に、その言葉が静かに浸み込んでいく。もっとも、サラもまだ代金は受け取っていないが。

「今日午前中にね、クリスっていう薬師ギルドの人とテッドが来てね、騎士隊に渡すポーションが足りないからって。私の持っている薬草を買い取っていったの」

「午前中……クリスとテッドが」

「うん。テッドが」

サラはそこを強調した。どういう状況なのか、なぜ無理をしてほしくないのか、自分で悟ってもらいたかったのだ。

アレンははっと体を起こした。

「俺、今日はけっこう雑用があって、たまたま二層に届け物があったとき、テッドに声をかけられてさ」

「うん」

「いつもなら声をかけないが、特別な届け物の仕事ならあるって。危険だから、二万ギルの手当が出るんだが、身体強化できるお前ならできるかもなって言われて、それでつい」

「そうか」

二万ギルあったら、その足でハンターギルドに登録に行く。危険と言われても、魅力的な申し出だったはずだ。

「でも、その時、テッドは俺から薬草を買おうと思えば買えたんだな」

「そう思う」

サラの予想してたとおりだった。テッドはアレンを困らせて喜んでいたのだ。

「くそっ！　なんでだよ！　俺、ただ、自分で稼ごうと頑張ってるだけなのに。誰にも迷惑もかけてない。親や保護者がいないのがそんなに悪いのかよ！」

ダンッと結界にウサギがぶつかった。まるでアレンの心を代弁しているかのように。

「悪くないよ」

きっと返事は求めていないのだと思う。でもサラはただ、自分は味方だよって、ちょっと伝えたかったのだ。

それから、そっとお弁当箱の蓋（ふた）を開いてアレンに手渡した。

「さ、ご飯食べよ」

「うん」

その返事に涙が混じっていたのは聞かないふりをして。

サラもサンドパンをかじり、アレンのためにお茶をいれ、お砂糖をちょっと多めに加える。

お弁当を食べ、お茶を飲んでいるアレンに、サラは静かに話しかけた。

そろそろ話を聞ける気持ちになっただろうという判断だ。

「そもそもいくら身体強化が得意だからといっても、子どもに騎士隊とかハンターとかに追いつく体力なんて普通ないよ。だから、テッドはさ、追いつけなくて、泣く泣く帰ってきたアレンを見て馬鹿にしたようとしてたんじゃないのかな」

「なんでそんなことが楽しいんだよ」

サラにもそんなふうに人を馬鹿にしたり意地悪をしたりするのが楽しいという人の気持ちはわからない。でも、そういう人は確実にいる。

「わかんない。私から薬草を買うのも、本当に嫌そうだったもの。クリスに怒られたから仕方なくって感じだった」

「俺、悔しいよ。そもそも無茶なお使いだってわかっても、だまされたってわかっても、テッドにやっぱりできなかっただろうって馬鹿にされるのだけはいやだ」

もちろん、馬鹿にされたくはないだろうなと思う。サラならそもそも引き受けないし、達成できなくてもあまり気にしないのだが。

さて、とサラは気持ちを切り替えた。とにかくアレンは無事だった。

それならば、行くか、戻るか、ここでキャンプをするか決めなければならない。

行くにしても、戻るにしても、最低一時間はかかるだろう。

サラはアレンを見た。

「行こうか？」

「え？」

「お使い。私が付いていくよ」

「サラは危ないよ！」

サラはにやりとすると、静かに片付けを始めた。なぜ私がここにいると思うのかな。

そんな余裕たっぷりのサラを見て、アレンはやっとおかしいと気づいたようだ。

「そういえば、なんでサラはここにいるんだ？」

「今ごろ？」

サラは思わずはっと声を出して笑った。

「門番にアレンのこと聞いて、心配で捜しに来たの」

「でも、街道は結界が働いてなかった。ツノウサギはどうした？」

アレンはサラが怪我をしていないか確かめるように手を伸ばし、おしゃべりをするほど元気なことに気がついてその手を引っ込めた。

「私は自分で結界を張れるから」

「え？」

「結界を張れる」

「ええー！」

驚くアレンがおかしくて、サラは笑い転げた。

「つまり歩きながら結界が張れるので安全だってこと？」

「うん。私は魔力の使い方が、どちらかというと魔法師寄りなんだと思うよ。ダンジョンに入るつもりはないから魔法師ではないけど。そしてね、なんと一緒にいる人ごと結界を張れるから、私と一緒に行けば先に行ってる騎士隊がキャンプしているところにも安全にたどり着けると思うよ」

ちょっと自慢げな顔になっていたかもしれない。

アレンは少し考えると、心を決めたようだ。

「行けるなら、行きたい」

「うん。じゃあ、行こうか」

「行こう！」

最初は慎重に、そして本当に安全だとわかると二人は足を速めた。

サラもアレンのことを気にかけていたが、アレンもサラの様子をよく見ていたようだ。

「サラ、結界を張りながら身体強化もできるのか？」

そんな質問が飛んできた。

「できるけど、次の日疲れるからあまりやりたくない」

「いや、疲れるからとかじゃなく、そもそもそんなことをできるものなのかってことで……」

アレンが何か言っているが、それよりサラは先が気になった。明かりが見えた気がしたのだ。

「アレン、見て！　もしかして」

「明かりだ！　たぶん騎士隊だ！」

二人はほっとして足を速めた。

「おーい！」

魔物と間違われないように大きな声をあげて近づいていく。

騎士隊は街道のところどころにある、広場のようなところでキャンプをしているようだ。

「止まれ！」

警告の声がかかったので、サラもアレンも素直に従った。

「何用だ」

「あれ、アレンじゃねえか。サラも」

騎士の声をさえぎる暢気(のんき)な声は、ギルド長のものだ。

「アレン？　子どもか？　早く広場に入るがいい」

この声はクリスだ。

二人は広場の結界に入ると、ほっとして思わず座り込んだ。

やはり結界と身体強化のダブルはきつかった。

もっと鍛えねばならないな、と言うネリーの声が聞こえたような気がして、サラはちょっと笑い出しそうになった。きっと疲れているからだ。

「おいおい、いったいなんだって二人が」

あきれたように顎に手を当てるギルド長にかまわず、クリスは急いで二人のところにやってくるとしゃがみこみ、二人の様子を見てまずアレンから、まるで医者のように体の具合を確かめている。

サラも頬に手を当てられ顔をのぞき込まれると、なんとなく照れてしまった。

「ふむ。怪我もない。疲れているだけで特に問題はなさそうだ。いったいどうしたのだ」

用事よりも何よりも、まず二人の体のことを心配してくれたクリスに、サラの好感度はちょっと上がった。でもテッドの上司だと思うと、やっぱり上がり切らないのだった。

アレンはそれを聞いてしっかりと立ち上がり、ポーチからポーションの入っているらしい袋を差し出した。

「あの、薬師ギルドのテッドから、騎士隊にポーションを届けるよう言いつかってきました」

「ポーションを」

クリスは眉をひそめると、袋を受け取り、中身を確かめた。

「ポーション一〇個。確かに助かるが、たったそれだけのために子どもを使いに出すだと？」

しかし、アレンはお使いが終わったことにほっとし、本当に力が抜けてしまったようで、また座り込んでうとうとしている。

アレンはお使いに失敗するはずだった。そして失敗すれば、クリスにはばれないはずだった。

テッドの意地悪は意味のないものに終わったのだ。

憧れのクリス様に叱られてしまえ。サラはテッドが叱られている未来を思い浮かべて、ちょっとすっきりした気持ちになった。

それから騎士隊がテントを張っているところの端に急いで移動すると、結界箱を丁寧に並べ、マットを敷いた。

そして戻ってくると、疲れて足元のおぼつかないアレンに肩を貸し、マットに寝かせると毛布を掛ける。

すやすやと寝息を立てたアレンを見ていたら、いつの間にかサラも隣で寝てしまっていた。

それでも、習慣のように体の周りを温めていたから、風邪を引いたりすることはなかったようだ。

そして、人が動く気配がして目が覚めたら朝になっていた。

仰向け(あおむ)けに寝たまま目だけぐるりと動かすと、騎士隊の人たちが起きて出発の準備を始めている。

まだ夜は明けきっていないのに。

「やばい。アレン、起きてアレン」

「うーん。はっ。お使い！」

跳ね起きたアレンに苦笑いする。

「お使いは昨日無事済んだよ」

「そうだった」

ほっとして力が抜けた二人に、結界箱の外側から声がした。

「起きたか。ちょっといいか」

ギルド長の声だ。隣にクリスもいる。

結界箱の結界は、魔物は通さないけれど、摩滅石を持っている人なら実は誰でも通れる。ただ、礼儀としてずかずか入ってくるようなことはしないだけだ。

「事情を聴きたいが、俺たちはまず騎士隊と共に使命を果たさなければならない。端的に聞く。お前たちだけで、ここまで来られたんなら、町にもお前たちだけで帰れるか」

アレンとサラは顔を見合わせた。

「「はい！」」

「よし。事情は俺が町に戻ってから聞く」

ギルド長はクリスに場所を譲った。

「本当は子どもだけで帰したくはないが、魔の山にはもっと連れていきたくない。ここで我らの帰りを数日待つというのはどうだ。食料は置いていく」

ギルド長より現実的な提案である。

二人は首を横に振った。

「仕方がない。アレンとやら、お使いはいくらで頼まれた」

「二万ギルです」

「うむ。テッドのところへは報告に行かなくてよい。代わりに今、賃金を渡しておくから」

クリスはアレンの手に、四角い銀貨を二つ、落とした。

そしてアレンの目を見て、しっかり言い聞かせた。

「私が戻るまで、薬師ギルドには行くな。もし薬草を売りたかったらハンターギルドを通せ。手数料分は私が後で払うから。いいな。お前もだ」

サラまで念を押された。昨日の夜、何も話さず、サラたちが倒れるように寝てしまった後、大人たちで何か話し合ったのだろう。

子どもだけでどうやってここまで来たのかとか、聞きたいことはたくさんあったに違いない。それでも、今はやるべきことを優先して、できる対策はとる。サラは素直にすごいと思った。

大人二人がサラとアレンに話している間に、いつの間にか騎士隊の出発の準備は整っていた。

「気をつけて帰るんだぞ。ローザの子どもを失いたくはない」

ギルド長はそう言うと、騎士隊の先頭に立って歩き始める。

サラとアレンは、そんな騎士隊が小さくなるまでその場に立ち尽くした。

「ローザの、子ども。ゴミでも、お荷物でもなく。たとえギルドにまだ登録していなくても」

アレンは銀貨を握りしめたままつぶやいた。

「うん」

アレンは尊敬する人がはっきりと認めてくれたことが心強かったのだろう。

サラはまあ、どうでもよかった。いつかネリーにさえ再会できればいいのだ。

でも、アレンが嬉しいのなら、ここまで付いてきてよかったなあと思う。

「サラ、帰ろうか」

アレンの声が明るい。サラも元気に答えた。

「うん。帰りも任せて！」

日が昇り、次第に明るくなっていく草原を、サラとアレンは軽やかに駆けていく。

身も軽くなりもする。帰ったら、アレンがギルドに登録できるのだ。サラも薬草の代金が届きさえすれば、すぐに登録できる。そしたら、夜でも町の出入りが自由になる。

「ダンッ」

「ダンッ」

「はいウサギ」

命を落としたウサギを拾っていく余裕さえある。もっとも、昨日拾えなかったウサギは夜のうちになくなってしまっていたから、何かに食べられたのだろう。

やっぱりこの世界は、まだ怖いと思うサラだった。

昨日は長いように感じた東門までの道も、あっという間に感じた。

「おはようございます！」

突然草原から姿を見せた子ども二人に、東門の兵は驚いたようだったが、すぐに声をかけてきた。

「お前たちが昨日申し送りのあった子どもか！」

「はい！」

「無事だったか。よかった」

いちおう話は通っていたようだ。

「ハンターギルドに連絡してあるから、戻ったら必ず顔を出せよ！」

「はい！」

いずれにせよ目的地はハンターギルドだ。

そこからはスピードを落としても、いつもよりずっと早い時間に中央門に着いた。

「待て！」

いつもの門番じゃない人が、二人を止めた。

「お前たち、もしかして騎士隊にお使いに行ったという子どもか」

ここにもちゃんと話が通っていたようだ。

二人が頷くと、門番はほっとした顔をした。

「捜索隊を出すっていう話だぞ。早くハンターギルドに行ったほうがいい」

サラとアレンは顔を見合わせると、慌てて門をくぐり、ハンターギルドに走った。

「ヴィンス！」

「アレン！　サラ！」

いつもより時間が早いからかもしれないが、ギルドはにぎわっていた。

「お前ら！　よかった。通報は間違いだったんだな！」

ヴィンスがほっとしたように二人に歩み寄り肩を叩いた。

「通報？　間違い？」

「アレンが北ダンジョンに向かった騎士隊のもとにお使いに行かされたこと、それを追うようにサラも北ダンジョン方面に向かったこと」

サラとアレンはまた顔を見合わせた。

そしてヴィンスの後ろを見ると、集まったハンターたちがほっとしたような、あるいは苛立ったような顔をして二人のほうを見ている。

「もしかして、捜索隊？」

「そうだ。話がきたのが夜のことで、朝になってやっと人が集まったんだ。まあ、こういう準備は無駄になったほうがいい」

ヴィンスもほっとしているようだ。

正直に言うと、サラは自分の訴えが無視されることもありうると思っていた。だからヴィンスが捜索隊を出そうとしてくれていたこと、そしてそのためにちゃんと人が集まってくれていたことに驚き、そして感謝の思いがこみあげた。

ハンターたちは、アレンがテッドに馬鹿にされたときには自分たちは関係ないという態度だったが、いざ命がかかったらちゃんと助けようとしてくれるんだ。

「あの、ヴィンス、皆さん、ありがとうございます」

サラは丁寧に頭を下げた。その横でアレンも頭を下げると、それはそれとして話を聞いてくれという顔をした。

「あの、俺、お使いは行ってきたよ」

「なんだって？」

ほら見ろ、できなかったとテッドに言われるのは絶対に嫌なアレンは、ちゃんとお使いに行ったと主張した。

「ツノウサギがいっぱいいて大変だったけど、サラが追いかけてきてくれて」

サラのことも付け加えた。手柄は独り占めしないぞということなのだろう。

サラも隣でもう少し説明を足した。

「夜は騎士隊と一緒のキャンプで休ませてもらって、夜明けに向こうを出てきたの」

騎士隊と一緒だったと言えば、信頼度も増すだろうというサラの判断だ。

「なんてことだ。騎士隊はまだそれほど進んでいなかったのか？」

ヴィンスは自分に言い聞かせるようにそう言うと、

「みんな！　そういうことだ！　子どもらは自分たちで無事帰ってきた。このまま解散してくれ！」

と叫んだ。

ハンターだって、子どもを捜索するより、ダンジョンに潜ったほうがいいに決まっている。

ほっとしたように解散したハンターたちは、怒るわけでもなく、アレンとサラの肩や頭をよかったなというようにポンと叩くと、ぞろぞろギルドを出ていった。

「そうだ！　それで俺、クリスからお使いの賃金をもらって、一〇万がたまったんだ！」

それを聞いて受付の人たちが次々と立ち上がった。

暗いニュースから、一転して明るいニュースだ。

「やっとか！」

「やったな、アレン！」

テッドのような人ばかりではない。皆この二ヶ月のアレンの頑張りを見て、密(ひそ)かに応援していたのだ。

サラは自分のことのように嬉しくて、にこにこした。

「あー、サラ」

そんなサラにヴィンスが声をかけた。

「薬草の代金が届いてるぞ」

「そうですか」

実は薬師ギルドを信用していなかったサラは、本当に代金が届くかどうか懐疑的だったのだ。

「そうですかじゃねえよ。先にサラのほうを済ませちまおうか」

「私？」

サラはきょとんとした。

「おいおい」

ヴィンスは肩をすくめた。

「えー、明細がここにある。薬草五〇〇、上薬草五〇」

この時点で、ギルドにおおっという声が上がった。上薬草は珍しいのだろう。

「毒草、麻痺草各二〇、魔力草三〇、上魔力草二」

今度はしんとした。珍しいどころじゃない、魔力草なんてそうそう採れるものではないのだ。

「薬草売ってハンターギルドに登録って、なんの冗談だよって思ってたけど、本気だったんだな、サラ。計一六万ギル。ギルドに登録、できるぞ」

「え」

「登録。身分証。作らないのか」

「作ります！」

背中をパーンと叩いたのはアレンだ。思わずよろけたサラは、それでも満面の笑顔になった。

わくわくしながら書類を書き、身分証とおつりをもらう。

サラは思わず身分証を両手で掲げた。

嬉しい。これはサラが自分の力で勝ち取った、自分がこの世界にいてもいいという証（あかし）なのだ。

大人にとってはたいした手間ではないのだろう。しかし、保護者のいない自分にとっては、これだけのことが本当に大変だった。

それに。

サラは今度は身分証を胸に当てて思った。

これでいつネリーが戻ってきても、ローザで待っていることができるのだ。

「さ、じゃあ次はアレンの番だが」

ヴィンスの声に、アレンがわくわくしたような顔でポーチからお金を出した。カウンターに並べたのは小銭ばかりだが、ちゃんと一〇万あった。

アレンも身分証を受け取り、サラのように両手で掲げた。思わず笑みがこぼれる二人に、ギルド内には拍手が鳴り響いた。

しかし、ヴィンスの目はサラを見ていた。

「あー、サラ」

「はい？」

「お前、売るものがあるとかなんとか言ってなかったか」

「はい！」

やっとお荷物の魔物が出せる。サラはいそいそとリュックを下ろし、アレンも腰のポーチを外した。

「待て。二人とも待て。いいな」

ヴィンスはスーハーと呼吸をし、気持ちを落ち着けている。

「結構、あるな？」

「「はい！」」

そして二人の返事を聞いてやっぱりなと肩を落とした。

「よし。ちょっと別室に来い」

そしていつもギルド長の出てくる部屋のほうに連れていかれたのである。

ドアを開けると廊下で、さらにその奥にギルド長の部屋はあった。

サラは初めて見るギルドの裏側にわくわくした。

ギルド長本人は魔の山に出かけていて留守だが、魔物を鑑定する受付の人が二人ほど付いてきた。

ヴィンスはスーハーとまた大きく息をした。

「よし。まずアレン。出せ」

サラが出すものなんてツノウサギとスライムの魔石くらいしかないので、まずはアレンの出すものを楽しみに見学だ。アレンはどんどんポーチから魔物を出し、ヴィンスが鑑定していく。

「ほう。スライムの魔石な、そう。いやちょっと待て、お前何個出すんだ？　え？　叔父さんとの旅の途中で狩った？　ま、まあいい。それで終わりか。次もある？」

鑑定の人は面白そうに机の向こうで腕を組んでその様子を眺めている。

アレンは次に、バスケットボールより大きい丸い塊を次々と取り出した。

「それ、ハガネアルマジロじゃねえか。王都の南の草原で狩った？　いや、まずなんで南の草原に行ったんだよ。ここほどじゃねえが、魔物の強いところだろ」

「叔父さんが、身体強化の修行にはそこが一番いいって」

「あー、お前の叔父さんな、あいつもなあ」

ヴィンスはアレンの叔父さんを知っているようで、仕方がないという顔をした。

副ギルド長に仕方がないという顔をされる魔法師って、どんな人だったんだろう。

「だがな、こんなにたくさんだぞ」

「群れで襲ってきたから殴ったら死んだんだ」

サラは昨日の夜のアレンを思い出した。確かに襲ってきたツノウサギを殴っていた。

「あのな、そいつら、当たったら大怪我する魔物だから、初心者は逃げるようにと言われてるよな」

「でも叔父さんが身体強化ならって」

「あー、わかったわかった」

サラは思わずプッと噴き出した。何でも身体強化で済ませてしまうところはアレンもネリーと同じだ。アレンがわかるだろという顔でサラを見るから、なおさら耐えられなかった。

「次。フレイムバット。王都の西で、夜に草原を歩いてたら襲われた？　なんでお前は夜の草原なんて歩いてんだよ」

アレンがヴィンスに頭をつかまれて苦しそうだが、楽しそうでもあったのでサラはにこにこしてそれを見ていた。

「あいつら空飛んで炎吐くだろ」

「近くに来たところを殴ったんだ。身体強化だから平気って叔父さんが」

「へえ。平気なわけないじゃん」

ヴィンスの突っ込みがいちいちおかしいので、サラは笑いをこらえるのに必死である。鑑定の二人も苦笑いだ。

「ツノウサギ。これは定番だな。やっと普通のやつが出てきたよ」

「いや、ヴィンス、ちょっと感覚がおかしくなってますよ。ツノウサギは普通じゃないですよ」

ついにヴィンスも鑑定の人に突っ込まれている。

「で、おい。何羽狩ってるんだよ……」

今度は数が多いらしい。ギルド長の部屋は、ゴロゴロしたものやモフモフしたものでいっぱいになった。応接セットのテーブルの上には、スライムの魔石が並んでいる。

結局ヴィンスは諦めて、鑑定する人にいろいろ任せて自分は椅子にふんぞり返っている。

「これだけの魔物を狩る強さがあって、しかもたくさん持ってるのに、ギルドに登録できないから売れないって、なんかギルドのシステム的におかしくないですかね」

鑑定の人が、鑑定し終えて首をひねっている。

「今回、アレンやサラのような特殊な状況になるまで、そんなおかしいことなかったんだよ」

思わずフフッと笑いが込み上げたサラに、ヴィンスの目が向いた。

「そうだ、サラ、お前もだった」

「あ、私」

サラもアレンの収納ポーチの中身があまりに面白かったので、自分自身のことはうっかり忘れていた。スライムの魔石はともかく、ツノウサギは収納袋の場所ふさぎなので売れたら嬉しい。

いまさらだが、収納袋にこだわるネリーの気持ちがよくわかった。

サラはリュックからウサギを取り出した。

「ツノウサギだと！」

ヴィンスはふんぞり返っていた椅子から立ち上がった。サラはきょとんとした。だって、アレンだって出していたではないか。

「町に来る途中にいっぱいいて」

「確かにいっぱいいるけどさあ！　嫌になるくらいにな」

確か一〇羽以上拾ったはずだ。

「えーと、これでおしまいです。二五羽もいた」

「そうだな。いっぱいだなー」

ぶつぶつ言うヴィンスを放っておいて、鑑定の人たちはツノウサギを検分して、丁寧に分類し、紙に何か書きつけている。そしてふむ、と何か頷くと、サラのほうを見た。

「だいたい首が折れているのが死因みたいけど、サラもアレンみたいに身体強化特化なのか？」

「違います。どちらかというと魔法師寄りだと思います」

確かに最初はネリーに惑わされて身体強化から入ったけれど、バリア、つまり結界は魔法師が使うってネリーも言っていたはずだ。

それに、ネリーにもアレンにも悪いけど、この二人と同じ属性と思われたくない。

サラはアレンからそっと目をそらした。

「魔法師。ふむ。ではツノウサギはどうやって倒したんだい」

「倒してないです」

「え？」

「倒してないです」

ツノウサギが勝手にぶつかってきただけである。

「ははっ。確かに、あいつら勝手にぶつかってきて死んでたよな」

アレンが思い出して笑っている。笑い事ではないのだが。

サラはアレンを冷たい目で見つつ、はっと気がついた。

結界の魔法がわかりにくいから疑われているのでは？

「あ、ちゃんと魔法使えます。証拠はこれ」

スライムは魔法師がよく獲るんだとネリーは言っていたではないか。

「え？　まだあるの？」

サラはそのヴィンスの声に、腰のポーチから出しかけていた、スライムの魔石の入った袋をそっと戻そうとした。

ヴィンスは慌てて椅子から立ち上がった。

「俺の言い方が悪かった。いやー、見てみたい。いいから出せ。な？」

サラはとりあえず一袋だけ出して、テーブルの上にざらざらっとあけた。

「おう。スライムの魔石か。スライムね。スライム、よくいるよな、ダンジョンじゃなくてもさ、そこらへんにさ。魔法師なら、簡単に狩るよね、確かにね」

サラはほっとした。やっぱり魔法師はスライムを狩るのである。

「まあ、普通の少年は狩らないけどな。危険だから。アレンは狩っていたけどな、アレンは普通じゃないからな」

「ヴィンス、俺は普通です」

「いや、普通じゃない」

不毛な言い合いをしているが、ヴィンスの目が急に細められた。

「おい、ちょっと待った！」

ヴィンスが叫ぶと、鑑定の二人も同時に前に身を乗り出した。

「こ、これ、サラ、お前」

ヴィンスの手も声も震えている。

「ま、迷いスライムの魔石……」

サラは頷いた。これは最初に取ったやつなので、別にせず普通のスライムの魔石と一緒に入れていたのだ。懐かしい。

「坂の途中の岩山にいたので」

「そうね、よくいるよね、岩山にさあ」

ヴィンスはにこやかに頷いたがなんだか顔が怖い。

「でも、狩るのが大変なんだよね、これ」

そう言って迷いスライムの魔石を取り上げたときは、真顔になっていた。

「はい。見ないようにして、魔法でシュッと」

「魔法でね。シュッとね。簡単そうだな、サラ」

「慣れると結構簡単です」

サラはにこにこした。

「そんなわけないんだけどな」

簡単に狩れるようになったので、いちいちネリーにも報告してはいなかったくらいだ。

「じゃあもしかしてもっとあるのかな」

「はい」

サラは迷いスライム用の袋を一つじゃらじゃらいわせながら取り出した。分けるのが時々面倒で普通のスライムの魔石と一緒に入っていたりもするのだが。

「それ、全部か」

「はい」

一袋に二〇個くらいだろうか。それが何袋か。そして魔石には大きいのも小さいのもある。

「出さずに、袋の口を開けて見せてくれ」

「はい。どうぞ」

ヴィンスは袋をのぞき込むと、鑑定の二人ものぞき込み、揃(そろ)って目を閉じ天を仰いだ。

「ぜんぶ迷いスライムの魔石だ。ははは」

うつろに笑うと、サラに袋を戻させた。

「いいか、サラ。迷いスライムの魔石があることは秘密だ。そして、一ヶ月に一回、せいぜい数個、俺を通して、人に見せずにこっそり売ることにしよう。今全部売ると、その、いろいろバランスが崩れてしまうからな」

「はい」

何のバランスが崩れるのかわからないが、魔石は場所を取らないし、当座のお金もなんとかなりそうなので、すぐに売らなくても大丈夫だ。

サラはこれで自分も魔法師寄りだとわかってもらえたと安心した。

「アレンが今までためていた分も売って、一五〇万。サラがとりあえずあるものを売って、七〇万。お前ら今日から町で暮らせるレベルで金ができたけど、どうする？　ギルドの宿はあいてるぞ」

サラはアレンと顔を見合わせた。サラはギルドで働けるなら、夜は町の外でもいい。人の悪意がない分だけましかもしれないくらいだ。

「俺はしばらく町の外でいい。でもサラは」

「私も町の外でいい。でも、お金ができたから」

「「テントがほしい」」

揃った声が、わけもなくおかしくて、二人は笑い転げた。

「ああ、まあな。はしゃぐよな、そりゃ」

鑑定の二人は、覚えがあるというように温かい目で見ている。

「まあ、アレンが一緒なら外でも大丈夫だろうよ。いや、ツノウサギを狩れるんなら、サラだけでも大丈夫か。ここまで強いとは思わなかったが」

ヴィンスはふと顔を上げた。

「だから騎士隊のところに行って帰ってこられたのか。騎士隊が遠くに行ってなかったとかそういうことじゃない。実力か」

自分に言い聞かせるようにつぶやくと、二人が落ち着くのを見計らって、ヴィンスが尋ねた。

「それで、アレン。明日からは」

「もちろん、ダンジョンに入ります」

「サラもか」

「え？　私はダンジョンには入らないですよ」

「ええ？」

驚いたのは鑑定の二人だ。

「迷いスライムを倒せる魔法師なんだろう。なんでダンジョンに入らない？」

なんでと言われても、サラは最初からダンジョンに入るつもりはなかった。

「魔法師といっても、魔法は初級ができるようになっただけだし」

サラはポーチから、使い込まれた薄い教本を出して見せた。

「『ダンジョンに潜ろう。魔法師のための初級魔法』。こんなものがあるんだ。身体強化の本もあるのかな」

アレンが面白そうに本の題名を読み上げた。

「ギルドで売ってるってネリーが言ってた」

そういえば売店には売っていなかったが、受付のほうに売っているのだろうか。

「それな、サラ。そもそもダンジョンに潜ろうって書いてあるだろ。ダンジョンに入ること前提の教本なんだが、わかってるのか？」

「でも、これができれば応用が利くってネリーが」

「アレンの叔父さんと一緒だな？　保護者が保護者だからこんな二人が出来上がるのか？」

ヴィンスが頭をかきむしっているが、サラにはどうしようもない。

「それに、まだ完璧じゃなくて。特に水の魔法はちょっと苦手で、仕方ないから氷で代用してるし。イメージするのって難しいです」

「氷、だと？」

ヴィンスがまた頭をかきむしりそうなので、サラは急いでネリーのせいにしてごまかした。

「ネリーはそれでいいって言ってました」

まあ、よくなくても、ダンジョンには入らないから別にいいかとサラは思っている。

「薬草は買い取ってもらえそうだから、薬草を採って、それからできれば食堂でそのまま働いて、ネリーが戻ってくるのを待ちます」

「ネリー。そうか、さっきから言っているネリーは、いなくなった姉さんか。その姉さんを捜しに来たんだったな」

鑑定の人はそういえばそうだったたと思い出したようだ。この町に来たのがほんの数日前のことだとは思えないくらいいろいろなことがあった。

「ダンジョンに入る気になったら俺に言えよ。一緒に連れてくからさ」

「うん。アレン、ありがと」

どうしても余分にお金が必要なら、薬草を探すし、それでも足りないのなら、草原を歩き回ればいい。ツノウサギが勝手にぶつかってくるだろうから。わざわざ地下のダンジョンに行く必要なんてないのだ。

こうしてサラは、やっと町にいる権利を得たのだった。

得たからといって、サラの毎日が変わるわけではない。

ハンターギルドの身分証を得意げに門番に見せて笑われた日から、もう何日か経つけれど、薬草を採って、ギルドの食堂の手伝いをして、売店の店番をするのは変わらなかった。

ちゃんとしたギルドのメンバーになったから、ちょっとお給料が上がって、ギルドの安い宿屋なら、なんとか赤字にならずに泊まれるくらいにはなった。

それでもテントを買って、町の外でアレンと並んで暮らしている。

変わったのはアレンで、薬草を採るのはやめ、朝からダンジョンに入るようになった。

サラはそれを微笑ましく眺めながら、淡々と毎日を過ごしている。

身分証をもらってから数日後、売店での店番中にテッドがふらりとハンターギルドにやってきた。

「薬草は売りにこないのか」

「こちらで働いてるから」

サラはふいっと横を向いた。騎士隊はまだ帰ってこない。クリスは、自分が戻ってくるまで薬師ギルドには薬を売りに行くなと言った。

アレンをあんな目に遭わせた人なので、本当はこっそりバリアでぶっ飛ばしてもいいくらいだと思っているが、魔力のかけらでさえこいつに使うのはもったいない。

それに、お使いから戻ってきた日、こいつはにやにやとギルドにやってきたのだ。

サラは数日前のことを思い出した。

疲れただろうから休めと言われても、ちょっとだけだからと言ってアレンはダンジョンに潜りに行ってしまい、サラ自身も芋剥きくらいなら大丈夫かと厨房に入って、ギルドの皆をあきれさせていたところだった。

サラ自身は、自分も体力がついたものだと単純に嬉しかったのだが。

「よう、あいつは、ゴミはお使いから戻ってきたか」

そんな、テッドの登場だった。

「お前！」

ヴィンスが受付のカウンターを飛び越えると、テッドの胸倉をつかんで持ち上げた。

ちなみに、ここまでは受付の鑑定の人が後で教えてくれた。

ざわざわする気配に、厨房も落ち着かなくて、マイズが、

「サラ、お前ちょっとのぞいてこい」

と、サラを偵察に出したのがちょうどこの時だ。サラは厨房のドアからそっと顔を出してギルドのほうをのぞき込んだ。外に出て巻き込まれたくないもの。

つまり、サラが見たのはテッドが胸倉をつかまれているところからだった。

「なんだよ、どうせ騎士隊に追いつけっこないだろ。泣きながら帰ってきたんじゃないのか」

「やっぱりそれをわかっていて送り出したんだな！　大人として、男として、お前最低だな！」

ヴィンスはまるで汚いものでも触ってしまったかのようにテッドを放り出した。

言いたいことをすべて言ってくれたヴィンスは、手を拭くためのハンカチをそっと差し出したいほどかっこいい。サラは後でアレンに話してあげようと、続きをしっかり見守ることにした。

「はっ。どうせゴミだ。何をしたって、誰も文句は言わねえよ」

「今日からは別だ」

「はあ？」

しりもちをついていたかっこ悪いテッドは、どういうことだよという顔をして起き上がった。

ヴィンスはにやりとした。にやりとしたと思う。厨房からのぞいているサラには後ろ姿しか見えなかったから。その代わりテッドの間抜け顔はよく見えた。

「アレンはな、お前の無茶なお使いをちゃーんと達成した」

「ばかな！　ちょっと身体強化できるからって、相手は騎士隊だぞ！」

「できたんだよ。そしてお使いの賃金をちゃんともらってきたぞ。お前の大事なクリス様からな」

「な、なんだって！」

一番ばれたくない人にばれてしまったのだ。テッドの顔色が悪くなるのがはっきりわかった。

「で、その足でギルドに登録したぞ。今日からあいつは、ローザの町にいる正当な権利を得たんだよ。残念だったなあ」

「くそっ」

テッドは吐き出すようにそう言った。

「そして今日からハンターギルドの仲間だ。この意味がわかるよな」

カウンターからどんどんと音が響く。そして厨房からも、壁を殴る音が響いた。いつの間にか厨房の人たちも聞き耳を立てていたのだ。今度アレンに手を出したら、ハンターギルドが相手だ。そういう意味なのだ。

「もちろん、サラもだぞ」

私もだ。サラはフフッと笑った。

テッドは舌打ちすると、

「ギルドに登録したって、弱い奴はしょせん出ていくしかないんだ。ゴミはゴミだろ」

そう捨て台詞を残して出ていった。

薬師ギルドはよっぽど暇なのだろう。

「さ、仕事だ」

サラの肩をポンとマイズが叩く。

「はい！」

何も言わなくても、そうやって仲間だって示してくれたのだ。

厨房に戻る前に、サラは受付のほうを振り返った。

ありがとう、とひっそりと感謝を込めて。


そんな間抜けな姿をさらした日から、ほんの数日しかたっていないのに、よく平気で顔を出せるなと、サラはいっそ感心してテッドを見た。

「俺だって子どもに罪はないのはわかってる」

サラは驚いて思わずテッドを見てしまった。

そして後悔した。

反省している顔ではない。

「子どもを置き去りにした奴が悪い。だろ？　もう姉さんのことなんて諦めるんだな。どうせ帰ってこないぜ」

要は、アレンから、標的をサラに変えただけなのだ、この人は。

サラは売店のポーションの瓶を取り上げると、必要もないのに布できゅっきゅっと磨いた。

テッドは気づいていないが、受付はみんなこっちに注目してる。何も言われていないけど、何かあったら、皆が守ってくれるのだ。

「置き去りにされてない。何かの理由で戻ってこないだけ」

それだけだ。サラはそっけなく答えた。

「あーあ。健気だな」

「もし、ネリーがローザに戻ってこられないなら、戻ってこられない事情がちゃんとある」

サラはポーションの瓶を丁寧に棚に戻した。

「戻ってこられないのならば、私が捜しに行くだけ」

「けっ」

テッドはそれ以上何も言わず、つまらなそうに帰っていった。サラの表情が決意のこもったものだったからか、反応がつまらなかったからか。

ギルドの人たちも、サラがネリーという人に置き去りにされたんだろうと、もう戻ってこないだろうと思っているのをサラは察していた。

テッドのようにあからさまに言う人がいないだけだ。

「ネリーは戻ってくる。戻ってこなかったら、捜しに行く。それだけのこと」

サラはもう一度、自分に言い聞かせるようにそう繰り返した。

そうだ。お金もある。ここでの生活が落ち着いたら、まずは王都に行ってみるのもいい。

サラの顔は明るかった。

「待ってて、ネリー」

次の一歩を踏み出そう。

エピローグ　王都にて

眼下に王都を望む。

魔の山から見たローザとは比べ物にならないほど大きい街だ。

そして魔の山とは比べ物にならないほど低く緩やかな傾斜のここは、王都のすぐ南西にある丘陵地帯だ。

ネリーは武装した集団から一人離れ、少し露出した岩の上で片膝を抱えている。

「サラ」

元気だろうか。

いや、元気だろう。ネリーはふっと口元を緩めた。

「あの子は私よりよほどしっかりしてるからな」

ネリーが馬車の中で目覚めたとき、すでにサラとの約束の四日を過ぎていた。

まさか自分がさらわれることまでは想定していなかったが、結果的に、サラときちんと約束していてよかったと思うネリーである。

大暴れしたものの馬車を壊さなかったのは、クリスがそばにいて冷静になったためだが、クリスがネリーのそばにいるということは、サラが町で頼る者がいないということになる。

「それにしても、こちらはちゃんと話そうと準備していたのに、いきなり麻痺（まひ）薬を浴びせられるとは……」

　ローザの町に東門から入り、そのまま薬師ギルドに行こうとしたら、薬師ギルドの前で騎士隊に取り囲まれたのだ。

「何が騎士だ。卑怯者(ひきょうもの)め」

　力ではかなわないから、風の魔法で霧状にした麻痺薬を吹きつけられたらしい。

「魔物扱いかよ」

　いや、魔物ではない。化け物扱いだ。

　慣れているとはいえ、心が痛まないわけではない。

　ネリーは別に強くならなくてもよかった。

　騎士の家系に生まれたが、兄二人に姉もいて、何の期待も背負わず、幼い頃は幸せだった。

　ただ、たまたま身体強化に特化し、たまたま父が騎士隊にいた。

　上の兄はやはり身体強化が得意で、下の兄は魔法が得意だった。

　素質のあったネリーは、面白がった父と兄たちに徹底的に鍛えられたのだ。

　一〇代前半で兄二人と父を超える実力をつけたネリーに、しかし兄も父も騎士隊に活躍の場を与えてはくれなかった。

　魔法が当たり前のこの王国では、ハンターはもちろん、騎士隊にも女性はいる。

　特に女性の王族を守るのには、男性では行き届かないこともあり、女性の活躍の場はあるはずだった。

しかし、ネリーは魔力量が多すぎて、それに耐えられる王族はいなかった。

騎士隊にもいなかった。

いまさら嫁に行けと言われても、戦う以外の何もできない。

それでもネリーは素直に親に従い、見合いもした。

だが、相手がネリーの圧に耐えられなかった。

それならということで、ハンターになったのだ。

しかし、どこに行っても魔力量が多いネリーの周りは居心地が悪いらしい。

若い頃の仲間たちは、それぞれパートナーを得てばらばらになった。

あちこちのダンジョンを渡り歩いて、最終的に落ち着いたのがローザの魔の山だった。

そのまま放っておいてくれればよかったのだが、父親が騎士隊長になったのをきっかけに、王都の渡り竜の討伐にネリーを呼び寄せるようになった。

最初はあわよくば強い者に縁を得て、誰かに嫁がせようという意図があったらしい。

しかし、ネリーより強い者などいない。

そして、父親の意図とは別に、いつの間にか竜討伐にネリーの存在が欠かせないものとなっていった、らしい。

騎士隊長がネリーの父親から代替わりしても、ネリーは当然のように王都の竜討伐に呼ばれるようになった。

が、それがちょうどサラを拾った時期で、呼び出しを断っていたらこれだ。

ネリーにとって身体強化は面白かったが、それで成り上がろうなどとは考えていなかった。ただ、家族にほめられたから自然にやっていただけだ。

だから騎士隊に入れなくても、そこまで気にしなかったし、ハンターになって自活できていればそれで十分だった。

強くても、あまり自分の意志を通さず生きてきたネリーが、やっと自分の意志で動こうとすれば、こうやって邪魔が入る。

「サラの飯が食べたい」

思わずため息が出た。

別に王都の食事がまずいわけではない。しかし、サラが作った食事をサラと向き合って食べるのは何物にも代えがたい幸せな時間だ。

「おい！　竜が来たぞ！」

集まっていた騎士隊から声が上がった。

ネリーはそんなことを言われなくても、気配でとっくに察知していた。だてに毎日ワイバーンの飛ぶ山で暮らしてはいない。

竜は毎年冬が近くなると、王国の真ん中を西から東に移動する。

その時に、王都の南端をかすめる竜がいるのだ。

万が一にも王都に竜が降りることのないように、王都の南西の丘に陣取り、王都方面にずれそうな竜を追い払うか、倒すかする。

それだけの仕事だ。

厄介なことにワイバーンより体の重い渡り竜は、低いところを飛び、すぐに地面に降りようとする。

そして平原でツノウサギやワタヒツジを狩る。

それだけなら見守っていればいいだけの話なのだが、何十年も前に、竜の移動がずれ、王都の南地区が甚大な被害を受けたことがあったらしい。

そんな被害が二度と起きないようにという対策である。

西に点のように見えていた竜は次第に大きさを増し、騎士隊は剣を抜いて構えた。そして、五人ほどいる魔法師が腕を前に出し、竜の接近に備えている。

魔法が届く距離に来たら、すかさず炎の魔法が飛ぶ。

その魔法で竜が倒せるわけではない。しかし、下に人間がいるとも、その人間が突然炎で攻撃してくるとも思っていなかった竜は慌て、丘から南のほうに飛ぶ方向を変える。

竜がそういう反応をしてくれるのが一番助かる。しかし、今回炎を顔面に浴びせられた竜は、

「ギエー」

と叫び声をあげると、丘にドスリと着地した。

こうなったら、脅して飛ばさせるのは容易ではないので、倒してしまうに限る。

竜が混乱している隙(すき)に、騎士たちが次々に飛びかかり、竜を弱らせていく。

手を出すまでもないかと思ったネリーは、西の空を見て、腕を組んだ。

「ネフェルタリ。あなたも気がついたか」

「気安く名前を呼ぶな。集中が途切れる」

ネリーに声をかけてきたのは、王都にいる招かれ人だ。

サラと同じように、ネリーの圧をまったく気にせず、こうして親しく話しかけてくる。

「竜の気配が複数。六、いや、七頭か」

二頭並んで飛んでくることは珍しくはないが、五頭以上となると厄介だ。

ネリーは招かれ人に尋ねた。

「魔法師で七頭すべて落とせるか」

「あの五人で二頭。ハルトが二頭、私が二頭。あと一頭はちょっと無理だな」

ハルトとは、向こうではしゃいでいる若い招かれ人だ。普段は王都近くのダンジョンで活躍しているらしいが、竜討伐は初めてなのだろう。さっきから何が楽しいのか浮かれているようだ。

魔法師五人と、招かれ人がそれぞれ同じ力。たとえどんなに幼く見えても。これが招かれ人が貴重な理由だ。

力の強い者は懐柔して身近に置くのが安全だ。だから招かれ人は、優遇され、たいてい王都にいる。

サラも招かれ人として都に連れてくれば、きっと優遇される。

そして幼い分、自分の陣営に引き入れようとして貴族の間で熾烈（しれつ）な争いが繰り広げられるだろう。

だから、少しでも大きくなるまで、少なくとも自立できるようになるまで外に出したくなかった。

「いや、ただそばにいてほしかっただけ、か」

それが唯一の理由だ。

「ネフェルタリ、なんとか私が三頭落とすことはできる。だが、落とした後の竜すべての息の根を止めることはたぶん無理だ」

「いい。無理せず、二頭だけを確実に頼む。魔法師で六頭落としたら、残りの一頭は私がやる」

「あなたが強いのは知っているが、身体強化では竜は落とせないぞ」

「中途半端な状態で竜を落とすと騎士隊が壊滅する。一頭は任せてくれ」

「……承知した」

ネリーは腕をほどくと、魔法師の東側に移動した。

「な、七頭の竜！」

やっと次の竜の接近に気づいた騎士から声が上がった。

「心配ない。今日は私たち招かれ人が二人いる」

先ほどの招かれ人が、静かな、しかしよく通る声で指示を出した。

「そちらの魔法師五人で二頭。私が二頭、そしてハルトが二頭」

「俺が全部やってもいいんだぜ！」

若い招かれ人が浮かれたようにそう言った。

「万が一ということがあってはならない。人の命がかかっているのだからな」

「ちぇ。わかったよ」

ハルトと呼ばれた招かれ人は案外素直に頷いた。

「残りの一頭はネフェルタリ。では始めようか」

ざわつく空気をものともせず、ネリーは肩をすくめ、体の力を抜いた。

「たしか、ブラッドリー、だったか」

黒目黒髪のハルトやサラと違って、くすんだ金髪に緑の瞳の招かれ人は、容姿からしてこの世界とまったく違和感がない。

ネリーは招かれ人のことを頭から追いやって竜のほうを見た。

確かに、ジャンプでもしない限り身体強化で竜を落とすことはできない。

しかし、ネリーはサラと暮らして、サラから魔法の使い方のヒントをもらっている。

「サラの言う結界と、身体強化は実は考え方は同じ。身体そのものを強化するというより、身体を魔力で覆う。つまり、私の身体強化は、サラの結界のように体から範囲を広げることができる」

ということは。

「こぶしから魔力が伸び、竜に叩きつけるイメージだ」

実は魔の山でも訓練は重ねている。あまり狩りすぎてもハンターギルドに不審がられるので時々しかやらないが、ワイバーンを倒すくらいはできるようになっていた。

つまり、この世界の魔物はほとんどすべて倒せるということでもある。

ネリーの前で、魔法師が次々と竜を落としていく。招かれ人の高熱の炎にやられた竜は、騎士がとどめを刺すまでもなく、落ちたときにはすでにこと切れている。

そして、残り一頭がネリーのほうにやってきた。

「ふむ。むん」

竜の頭にこぶしを叩き込むイメージ。

「魔力は自分の思い描いたとおりの力になる。自分の魔力量に応じて、無理せず、自由に。そうだな、サラ」

「さて、とどめだ」

微笑(ほほえ)むネリーの後ろに、ドウンと音を立てて、頭を揺らされて気を失った竜が落ちてきた。

ネリーは腰の剣を抜くと、身体強化をかけて竜の首に差し込んだ。

「ギ、ギ」

「来年からは王都は避けてくれ。言っても仕方のないことだが」

ガクリと竜はこと切れた。

「化け物」

「化け物だ」

後ろでつぶやいたのは、騎士か、魔法師か。

「赤の死神」

「噂(うわさ)どおり」

ネリーは剣を振って鞘(さや)に戻した。

魔法だけで竜を二頭落とし、しかも絶命させる招かれ人はほめそやされる。

しかし、たった一頭竜を倒しただけの自分は、化け物扱い。

「こんな姿を、サラには見せたくない」

サラのあの優しい目が、自分を怖がるようになるのはつらい。

「ねえ、お姉さん！　今のどうやったの？」

はしゃいだような声は招かれ人だ。

「直接竜に触れてはいなかったよね。衝撃波を飛ばした？　でも、ここの魔法に衝撃波なんてなかったはずだけど」

いきなり話しかけてきたハルトという若者と目が合った。近くで見ると、若いというより幼い。サラと同じか少し上なだけということに気づいたネリーは驚いた。

そしてその目には賞賛と好奇心だけがあった。ネリーは思わず素直に答えていた。

「しょうげきは、が何かはわからないが、飛ばしてはいない。これはバリアの応用だ」

「バリア。バリアか。いや、バリアというより盾の魔法を相手にぶつけて、殴ったのと同じような効果を与えたということかな」

はしゃいでいた声がまじめになった。

「四属性の他に、盾の魔法があることは認識していたけど、それをはっきり見たのは初めてだ。今より格段に防御が上がって、攻撃にも応用できる可能性がある。ねえ、お姉さん」

「な、なんだ」

「バリアって、こっちでは言わないよね。お姉さん、知り合いに招かれ人がいるんだね」

「いない」

ネリーはふいっと横を向いた。勘のいい奴は嫌いだ。

「ハルト。そのくらいにしておけ」

ブラッドリーがやってきた。その頃には落とした竜はすべて始末がついていた。

「でも」

「でもじゃない。後始末までちゃんとだ」

「はーい」

しぶしぶとだが、ブラッドリーに従っているハルトはそれ以上ネリーを追及せず立ち去った。

ネリーはほっとした。

「ネフェルタリ。あなた、強いな」

竜を二頭、苦もなく倒す招かれ人に、強いと言われてもどうなのかと思う。

「努力もせず、招かれ人をどう使うかしか考えていない貴族だけではないということを知れてよかった」

ブラッドリーはそう言ってネリーの肩を気安く叩くと戻っていった。

ハルトといい、ブラッドリーといい、油断がならない。

「招かれ人のほうが私を認めてくれているというのはおかしなものだな」

ふっと皮肉げに口の端をゆがめたネリーだったが、先ほどの不安はきれいさっぱり消え去っていた。

「サラの口から出るのは嫌な言葉なんかじゃない」

人のことを化け物なんて絶対に言わない。

「そもそも、出会ったときからして、サラの前でワイバーンを倒していたじゃないか、私は。オオカミを殴ってもいたしな」

それでもサラは引いたりはしなかった。

「引いたのは部屋の汚さだけ、いや、それはいい」

誰も聞いていないのに思わず咳払い(せきばら)をするネリーである。

「サラの口から出るのは、きっと、竜を倒してすごいねとか、かっこいいとか、怪我(けが)はなかったかとか、そんな言葉ばかりだ。そして、ははっ」

ネリーは思わず笑いだした。騎士たちがぎょっとした目でネリーを見るがかまうものか。

「私のほうをちらりと見上げて、こう言うんだ。『それで、この竜はどうやって料理したらおいしいと思う？　お弁当になるかな』ってな。ははは」

そうだ、きっとそう言うに違いない。

「なんでも跳ね返すバリアを持ってるんだ。絶対、ローザの町に来てるにちがいない。もし魔の山の小屋にいても、薬草をたくさん採って、『ネリーが遅かったから、こんなにたくさんになっちゃったよ』とか言うんだ」

そしてぎゅっと抱き着いてきてくれる。

「必ず帰るから。待ってろよ、サラ」

渡り竜の季節が終わったら、きっと帰るから。

転生少女は
まず一歩から
はじめたい
1
～魔物がいるとか聞いてない！～

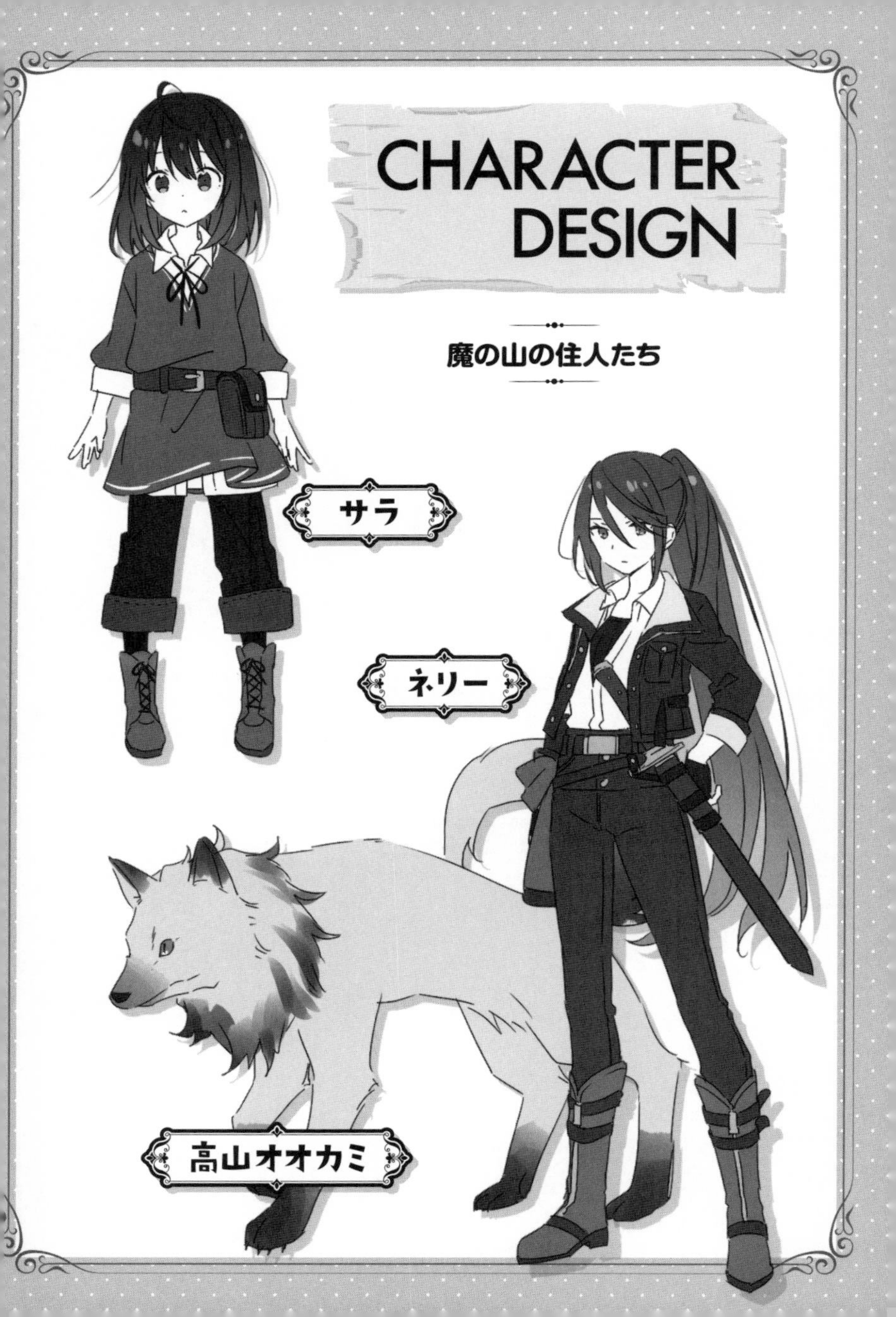
CHARACTER
DESIGN
魔の山の住人たち
サラ
ネリー
高山オオカミ

ハンターギルド所属
アレン
ヴィンス
ギルド長

薬師ギルド所属
テッド
クリス

特別公開!!

転生少女はまず一歩からはじめたい ~魔物がいるとか聞いてない!~ 1

2020年 9月25日 初版第一刷発行
2020年11月15日 第二刷発行

著者 カヤ
発行者 青柳昌行
発行 株式会社KADOKAWA
〒102-8177 東京都千代田区富士見2-13-3
0570-002-301(ナビダイヤル)
印刷・製本 株式会社廣済堂

ISBN 978-4-04-064938-2 C0093

企画 株式会社フロンティアワークス
担当編集 齋藤 傑(株式会社フロンティアワークス)
ブックデザイン AFTERGLOW
デザインフォーマット ragtime
イラスト 那流

本シリーズは「小説家になろう」(https://syosetu.com/)初出の作品を加筆の上書籍化したものです。

この作品はフィクションです。実在の人物・団体・事件・地名・名称等とは一切関係ありません。

魔導具師ダリヤはうつむかない
～今日から自由な職人ライフ～
甘岸久弥
人工魔剣！
便利アイテム！
魔物グルメ！
シリーズ
大好評
発売中!!

好評発売中!!

MFブックス既刊

万能スキル『調味料作成』で異世界を生き抜きます！ ①～②
著：あろえ／イラスト：福きつね
魔物を倒す&調理する、万能スキル持ち冒険者のグルメコメディ！

呪いの魔剣で高負荷トレーニング!? ①
～知られちゃいけない仮面の冒険者～
著：こげ丸／イラスト：会帆
その身に秘めし、真の力で〝斬り〟抜けろ!!

洞窟王からはじめる楽園ライフ ①～②
～万能の採掘スキルで最強に!?～
著：苗原一／イラスト：匈歌ハトリ
採掘の力で不思議な石がザックザク!? 自分だけの楽園を作ろう!!

転生特典【経験値1000倍】を得た村人、無双するたびにレベルアップ！ ますます無双してしまう ①～②
著：六志麻あさ／イラスト：眠介
ただの村人から最強の英雄に!? 爽快成り上がりファンタジー開幕！

異世界もふもふカフェ ①～②
著：ぷにちゃん／イラスト：Ｔｏｂｉ
もふもふ達と異世界でカフェをオープン！

二度追放された魔術師は魔術創造〈ユニークメイカー〉で最強に ①
著：ａｉｌｅｓ／イラスト：藻
思い描いた魔術を作れる、最強魔術師のリスタートファンタジー！

マジック・メイカー ①
－異世界魔法の作り方－
著：鏑木カヅキ／イラスト：転
魔法がないなら作るまで。目指すは異世界魔法のパイオニア!!

【健康】チートでダメージ無効の俺、辺境を開拓しながらのんびりスローライフする ①
著：坂東太郎／イラスト：鉄人桃子
元ニート、チートスキルで【健康】になる！

日替わり転移 ①
～俺はあらゆる世界で無双する～
著：ｅｐｉｎａ／イラスト：赤井てら
神への復讐を誓った俺がチート無双で異世界攻略！

【スキル売買】で異世界交易 ①
～ブラック企業で病んだ心を救ってくれたのは異世界でした～
著：飛鳥けい／イラスト：緋原ヨウ
スキルの売買で大儲け！ ハートフル異世界ファンタジー始動！

砂漠だらけの世界で、おっさんが電子マネーで無双する ①
著：Ｙ・Ａ／イラスト：ダイエクスト
倒した砂獣が即電子マネー化！ 砂漠の僻地で快適通販生活!!

引きこもり賢者、一念発起のスローライフ 聖竜の力でらくらく魔境開拓！ ①
著：みなかみしょう／イラスト：ｒｉｒｉｔｔｏ
引きこもり賢者、規格外の力で快適のんびり魔境暮らし！

転生少女はまず一歩からはじめたい ①
著：カヤ／イラスト：那流
家の周りが魔物だらけ……。転生した少女は家から出たい！

セミリタイアした冒険者はのんびり暮らしたい ①
著：久櫛縁／イラスト：市丸きすけ
冒険者をセミリタイアして第二の人生をエンジョイ!?

「こぼれ話」の内容は、
あとがきだったり
ショートストーリーだったり、
タイトルによってさまざまです。
読んでみてのお楽しみ！

アンケートに答えて 著者書き下ろし「こぼれ話」を読もう！

よりよい本作りのため、
読者の皆様のご意見を参考にさせて頂きたく、
アンケートを実施しております。
ご協力頂けます場合は、以下の手順でお願いいたします。
アンケートにお答えくださった方全員に、
著者書き下ろしの「こぼれ話」をプレゼントしています。

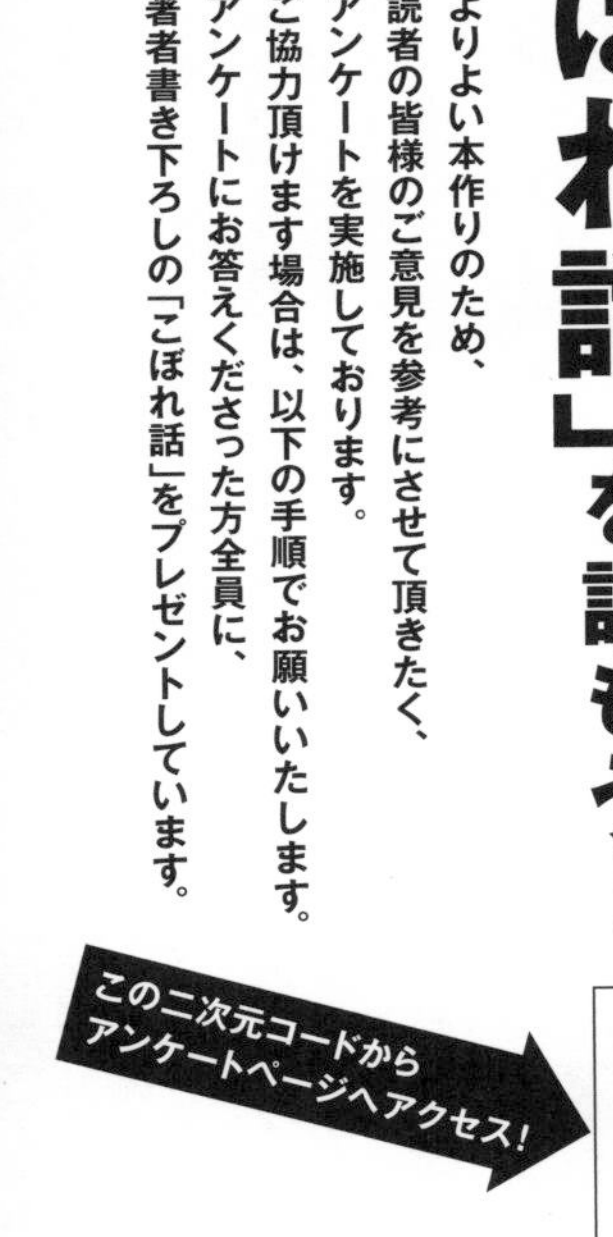

https://kdq.jp/mfb

このページ、または奥付掲載の二次元コード（またはURL）に
お手持ちの端末でアクセス。

↓

奥付掲載のパスワードを入力すると、アンケートページが開きます。

↓

最後まで回答して頂いた方全員に、著者書き下ろしの「こぼれ話」をプレゼント。

● PC・スマートフォンに対応しております（一部対応していない機種もございます）。
●サイトにアクセスする際や、登録・メール送信時にかかる通信費はご負担ください。

MFブックス　http://mfbooks.jp/